风筝人

一串山胡椒 孔放勋 著

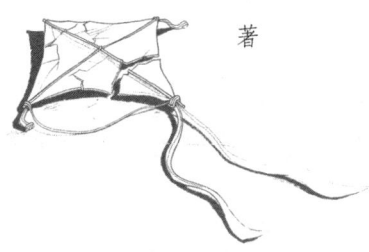

宁波出版社
NINGBO PUBLISHING HOUSE

图书在版编目（CIP）数据

风筝人 / 一串山胡椒, 孔放勋著. -- 宁波：宁波出版社, 2025.6. -- ISBN 978-7-5526-5664-0

Ⅰ.I247.5

中国国家版本馆 CIP 数据核字第 20253V4M59 号

风筝人
一串山胡椒　孔放勋　著

责任编辑	孙秀秀
责任校对	谢路漫
出版发行	宁波出版社
地址邮编	宁波市甬江大道 1 号宁波书城 8 号楼 6 楼　315040
装帧设计	金字斋
印　　刷	宁波白云印刷有限公司
开　　本	880 毫米 ×1230 毫米　1/32
印　　张	8.5
字　　数	160 千
版　　次	2025 年 6 月第 1 版
印　　次	2025 年 6 月第 1 次印刷
标准书号	ISBN 978-7-5526-5664-0
定　　价	60.00 元

如发现缺页或倒装，影响阅读，请与出版社或印刷厂联系调换
电话：0574-87248279（出版社）
　　　0572-83875165（印刷厂）

楔　子

他在房间里静坐了一整夜。

自窗帘的缝隙往外看,刚好能瞅见一线天光,从上至下由青白蔓延成橘黄。这是柳成铭最熟悉的风景,无论读书还是创业,每天清晨,他都是团队里第一个迎接朝阳的人。

可是今天,他却不敢直面窗外的"风景"。

"他怎么还不出来啊?咱们都守一整夜了。"

"应该是还没起床,或者已经被警察叫走了?"

"不会吧?他的合伙人真打算告他?"

树梢上翠鸟的啼鸣声裹着这些无端揣测,灵蛇一般游进柳成铭的耳朵。他头疼欲裂,拿起手机打开微博,想看看昨晚的热搜是否已经撤下。

2022年6月19日,千禧科技有限公司在官方微博发布了一则声明,称创业网红柳成铭已于2019年12月脱离公司管理层,其数年来发表的不当言论均不能代表公司立场,同时强调公司将针对已经造成的社会影响,保留对其起诉的权利。

曾经夜以继日共同奋斗的伙伴,如今变成了拔刀相向、水火不容的敌人。柳成铭看到相关词条后面仍然跟着一个醒目的"爆"字,不由得拿起那张珍藏已久的合照,往墙角狠狠砸去。

一

"哐啷——"

手边的玻璃杯突然从床沿掉落,砸在地上摔成晶莹剔透的碎片。邱涵吓了一跳,不顾脚踝已被划伤,赶紧抬头询问一言不发的柳成铭。

"怎么样?成铭,咱们第几名啊?"

"你不说话是几个意思?难道咱们垫底?"

"别卖关子了,快让我瞅瞅!"

邱涵伸手抢走他腿上的电脑,刚看到结果,一句经典的"国粹"便脱口而出。直到郭华与唐晓波也跟着欢叫起来,柳成铭这才如梦初醒。他火速溜下床直奔寝室阳台,拿出手机拨通了母亲张艳萍的电话。

"妈,俺们赢了,是金奖。全国只有一个团队获金奖。"

"哎呀老好了!俺就知道俺儿子一定行!奖金多少?"

"40万,国家给的。还有一次下半年出国做交换生的机会,也是国家出钱。"

"哪个学校啊？去多久？"

"纽约大学，大四待一年。"

张艳萍喜不自胜，身旁的女儿柳婉莹也格外开心。她一边替妈妈和面，一边凑到扬声器附近撒娇，要哥哥从纽约带一个芭比娃娃回来。柳成铭满口答应，随后听见妹妹问及回家团聚的日期，一向健谈的他顿时不知如何回答。

"哥，两年了。俺和俺妈都很想你，回来瞅瞅吧！"

正当他万分纠结时，邱涵朝他的背影大喊："成铭，你干吗呢？走！咱们出去搓一顿。"

柳成铭回头发现，自己刚才打碎的玻璃杯已经被他清理干净，便冲他点头致谢。张艳萍立马反应过来，趁他还没出声，赶紧让他和邱涵一起出门庆祝。

他如释重负道："妈，谢谢您。"

"跟妈客气啥？你做好自个儿就行了。"

柳成铭自然清楚这句话的分量。

每次遇到重大的人生抉择，张艳萍都会耐心倾听他的诉求，帮他分析利弊，然后鼓励他朝自己心中的目标前行。小到高中参加奥林匹克竞赛，大到高考结束盲选志愿，以及这次报名全国大学生创业大赛的决定，背后都有母亲温柔慈爱的目光。这台陪他们奋斗了一个学期的手提电脑，就是母亲在过年期间特意给他买的。

"俺真搞不懂你们娘儿俩,做这些有啥用?是能加分,还是能拿钱啊?俺跟你说,你就惯着他吧!早晚会被你惯出毛病来!"不出所料,看到电脑的瞬间,柳兴国又借题发挥和张艳萍大吵一架。长久以来,似乎只要是妻子支持的,他都会坚决地反对,尤其是关于儿子的职业规划,更是从来没有给过她任何好脸色。

"你有这份闲心,不如想想将来考哪儿的公务员,省得毕业了找不着工作给我哭!"

柳成铭不懂,父亲明明是被体制"辜负"的人,为什么十多年过去了,依然希望自己也走进那座围城?在他的记忆中,自从父母相继下岗以来,一直是母亲在苦苦支撑这个家。每天太阳还没升起,他便跟着母亲一起去早市摆摊卖窝窝头,而父亲除了整日回忆在国企里的峥嵘岁月,别的什么也不做,美其名曰"找不到出路"。直到2001年7月,妹妹柳婉莹出生,家里开销剧增,父亲才肯放下尊严,去他一直瞧不上的私营钢铁企业打工。

可惜好景不长,才过了三年,那家钢铁厂便宣布破产。

柳兴国又一次失业了。他开始昼伏夜出,和从前的工友们酗酒厮混,白天难得清醒的时刻,也是一个人盯着满墙的荣誉证书发呆。

柳成铭试图读懂父亲的眼神,但每次看见的不是埋怨就是自怜,有时候还会从他那双幽深浑浊的瞳孔里,涌现出一股难以遏制的愤怒——那是夫妻吵架的前兆。每到这个节点,柳成铭就拿起书包跑回学校的自习室,把自己浸泡在知识的海洋里,以减轻父母不和带来的痛苦。升入初三以后,他干脆选择住校,除非寒暑假,否则绝不回家。

逃避式的努力为他换来一个又一个年级第一名。中考结束那天,他得到了母亲送给他的毕业礼物。那是他在电视广告上见过的变形金刚。这个魁梧的小家伙不仅会动会跳,还能像电影里演的那样变成一台跑车。他开心坏了,坐在阳台上摆弄了一整天。柳兴国第一次把目光从荣誉墙移到儿子柳成铭身上,仿佛自己手里也多了一件可以随意摆弄的玩具。

"学文科,将来读新闻专业,考编制,跟咱们当年一样,吃上国家饭。"

"柳兴国,俺说你的大头梦啥时候能醒啊?咱早就没吃国家饭了。再说俺儿子理科成绩老好了,不读理科多浪费啊!你啥也不懂,就别搁这儿瞎指挥了。"

"啥叫俺不懂?你忘了咱儿子的作文拿过好几次一等奖,高中语文成绩也从来没有下过120分,不读文科才是浪费!"

"那照你这么说,俺儿子读理科更有优势,毕竟很多理科生的文学素养都不高!他读理科肯定回回拿第一!"

"……"

两人越吵越凶,吓哭了只有五岁的女儿柳婉莹。她那双澄澈的眼仁里浸满了深重的惶恐,仿佛天使刚刚降临人间,就猝不及防地目睹了一出惨剧。夕阳越过窗棂照进来,柳成铭恍惚觉得自己的影子已经与妹妹的融为一体。他第一次走到她身旁,趁父母不注意,牵起她的手离开家门。

"走,我们出去玩。"他的语气格外温柔,瞬间关停了柳婉莹脸上的泪阀。她睁着好奇的大眼睛,一路跟着哥哥走到学校的分科办公室,听见他说自己要读理科,还要参加下学期的奥林匹克科技竞赛。那个时候,她根本不懂这些概念是什么意思,只记得哥哥意气风发的模样和满屋顷刻间沸腾起来的老师们。

"好好好,柳成铭同学,你很有志气!下学期我一定给你分到理科实验班就读。今后你们这届的状元名分就靠你来保全了!加油啊!成为咱们学校的骄傲!"

柳成铭向各位老师礼貌致谢,然后带妹妹转身离去。

六月底的鹤川才刚从长达半年的封冻里苏醒过来,路面上还盖着一层无形且厚重的寒气,兄妹俩手牵手往家属大院赶。他随手买了一支冰糖葫芦递给妹妹,然后蹲下来平视她,"婉莹,你记着,如果那个家让你难受,你就跑到安全的地方躲起来,可以是学校,也可以是别的城市,总之不要为不值当的人,葬送自己的美好未来。"

他知道妹妹还无法理解,却格外认真地告诫面前这位年仅五岁的稚童,仿佛在和当年那个同样无助的自己对话。

"我知道该怎么做了。"

他起身牵着妹妹继续往前走。夕阳把两人的身影拉成又细又长的灰条，头顶的梧桐树叶迎风沙沙作响，似乎在为少年的勇气歌唱。

高二、高三那两年，柳成铭一直持续不断地自我鞭策。基本上每次重要考试，他都能取得数学和理综双满分的好成绩，语文、英语两科单拎出来也是名列前茅。2008年7月，他以鹤川市理科状元的身份被济仁大学软件学院录取。拿到通知书那天，落日余晖里的梧桐树又为他唱了一首只有他才能听懂的赞歌。张艳萍流下了激动的热泪，特意提早收摊下厨做了一桌丰盛的庆功宴。柳兴国偷偷剪下录取通知书包装外壳的济仁校徽，将它贴在荣誉墙上反复观看。柳婉莹则用自己攒下的零花钱，买了一支冰糖葫芦送给哥哥。离开家乡的头天晚上，电视里转播着北京奥运会的闭幕式，一家四口破天荒地坐下来一块喝烧酒。52度的东北头锅味道又辣又呛，两口才下肚就逼红了柳成铭的双眼。

他全然忘记自己那天晚上说过什么，只记得第二天清早出门时，答应送他去车站的父亲爽约了。他回头看了一眼熟悉又陌生的家属大院，天际那抹淡淡的鱼尾白像一把巨大的孔雀羽扇，铺陈在钢筋水泥森林的顶端，也笼罩着寻觅滚烫烟火的匆匆行人。他恍惚以为自己又要去早市帮母亲收银算账了，谁知耳畔却传来一句——

"妈今天不出摊，妈送你。"

他本想说不用这么麻烦,但见母亲怀里揣着一袋窝窝头,又鬼使神差地答应下来。母子俩肩并肩走到中心车站,上车前,张艳萍把冒着热气的干粮从衣兜里掏出来塞给他,又追着他寻找座位的身影一路小跑至车窗前。

她踮起脚尖够到了儿子的手,"注意安全啊!到淞浦后给妈报个平安。"

"好。妈,您快回去吧。"

"没事儿,妈就在这儿看着你。等你走了,俺再回去。"

汽车发出一声浑厚的低鸣,代替他藏在喉腔的呜咽,向母亲依依惜别。

二

刚到淞浦，柳成铭就发现这里的风景与家乡的完全不同，既没有一望无垠的田野和挺拔苍翠的雪松，也没有傍晚随风摆荡的炊烟，只有街道两旁的高楼大厦拥着行人匆匆赶路，还来不及回头看，就已经跟随人流涌入了另一座港湾。

校园里的风景也与街头类似。新生报到处人头攒动，柳成铭花了一个小时才办完所有入学手续。当天晚上，班级辅导员在操场组织了一场"破冰活动"。柳成铭随口提及自己中学阶段取得的成就，听说他是全国科技奥赛金牌得主，又是鹤川市理科状元时，大家都报以热烈的掌声。活动结束后，室友邱涵主动约他去食堂吃夜宵，两人一边喝粥，一边天南海北地闲聊，直到气氛已经非常融洽，邱涵才把话题引向人生规划。

"成铭，毕业以后你想做什么？"

"没想好，你呢？"

"我想把科技变成真正的生产力，开一家研发智能机器人的公司。"

柳成铭纳罕于他的雄心壮志,忧虑道:"可是开一家公司要很多钱。"

邱涵却说钱不是问题,还说自己特意提前两天来学校报到,早就通过辅导员得知,很多学长学姐口中的"天使基金",就是大三那年参加全国大学生创业比赛获得的奖金。末了他不忘向柳成铭抛出橄榄枝,期待他能做自己的技术合伙人。

"怎么样?要不要让全世界看看奥赛冠军的实力?"

他看着邱涵的眼睛,认真地点了点头:"没问题,咱们一起努力。"

柳成铭觉得自己无比幸运,一开学就遇见一位伯乐,尽管这位伯乐是同龄人,可邱涵的见识与家境远超班上绝大多数同学,能和这样的人成为朋友,或许正是改变命运的开始。于是他几乎每天都和邱涵待在一起,仔细观察他的一举一动,听他讲自己父母在宁港创业的奋斗史,以及他们年少时远赴大洋彼岸留学的独特经历。他也逐渐放下戒心,向邱涵讲述了自己童年时期的大院生活。

"你在宁港应该很少看到大雪吧?俺们鹤川每年不到10月就入冬了,一下起雪来,俺就跟院子里的小伙伴跑出去堆雪人。那时候不觉得冷啊,只觉得贼好玩,疯累了就去俺爸妈上班的工厂食堂吃饭,每次俺妈都会偷偷给俺留几个窝窝头。她是整个工厂手艺最好的面点师傅,只要轮到她做饭,别说窝窝头了,连馒头和花卷都被人一抢而空。"

"哇！如果有机会的话,我真想尝尝阿姨的手艺。"

"好啊！等咱将来达成了事业目标,俺就请你回俺家乡瞅瞅。"

两个截然不同的世界在彼此的言语间交织重叠。他们创办的机器人研究社也逐渐变成一群热血少年挥斥方遒的平台,发誓要在将来某天把"中国制造"变成"中国智造"。

期末考试前,柳成铭特意打电话告诉母亲,今后每逢寒暑假他都要先去企业实习,再回家和亲人团聚。张艳萍放心不下,难免不停地追问他：和谁一起去？又在哪里工作？柳成铭只好苦笑着反复回答,见一直没法说服母亲,又不得不找来邱涵做证。

"阿姨,成铭跟我一起回宁港。我俩都在我姨父的工厂实习。您放心,这段时间我一定会保证他的人身安全。他回鹤川过年的火车票也都买好了,到时候我送他上车。"

张艳萍这才首肯道："好好好,谢谢你啊小伙子,拜托你平时多多照顾俺家成铭。"

邱涵应声不迭,柳成铭很快夺回手机简单说了几句,便以需要复习为由匆匆挂断了电话。

坐在炕头的柳兴国放下报纸,迟疑地问道："他刚才说放假了要干吗来着？"

张艳萍回过神来如实转述,谁知丈夫竟然冷哼一声,起身头也不回地摔门离去。他这种满腹牢骚的状态一直持续到大年二十九那天。柳成铭提着用寒假实习工资购买的礼品,大包小包地赶回家属大院。刚进门,他就将小熊玩偶塞给正在剪窗花的妹妹柳婉莹,随后向坐在炕上写对联的父亲打招呼。张艳萍听见动静,连忙从厨房跑出来,抱着大半年不见的儿子嘘寒问暖。她一边怪他不该破费,一边又喜滋滋地拿起一条连衣裙反复欣赏,直到柳兴国提醒她锅里还有一条鱼,她才急忙放下礼物冲进厨房。

"爸,这是给您买的绍兴黄酒。"

"嗯,放那儿吧!寒假实习怎么样?"

"还不错,学到了不少东西,将来毕业了肯定用得上。"

"你们学校的入党申请什么时候开始?"

"大三开始,现在还早呢,不急。"

"那也得提前准备啊!俺听说大学入党对将来考公务员有帮助。"

"爸,俺不想考公务员,俺想自己创业当老板。"

柳兴国顿时气不打一处来,放下蘸满浓墨的毛笔就开骂:"当老板?你有资源吗?就凭你那个同学?你们一群毛头小子能成什么气候?经济不行了,还不是说倒闭就倒闭。你现在提前实习走入社会我不反对,但我不能眼睁睁看着你误入歧途!"须臾,他换成温和的语气重申道:"爸这都是为你好,你就听爸一句劝,早点申请入党,为将来考公铺路。"

理性告诉柳成铭,这个时候最好选择顾左右而言他,避免冲突升级。可他心中那股热血以及常年累积的不满一股脑儿冲破关隘,涌到唇畔变成了尖锐刺骨的讥讽。

"铁饭碗！铁饭碗！从小到大你念叨多少回了，最后还不是被国企裁员。江南地区的营商环境那么好，我出去闯一闯怎么了？难道要我一辈子待在鹤川这个鬼地方，当一个只知道两点一线的螺丝钉吗？爸，你已经被社会淘汰很久了，麻烦你睁开眼睛看看世界吧！"

"老子不看！别以为多读几年书你就了不起，再怎么样俺还是你老子，你翻不了天！"

……

父子俩剑拔弩张，互不相让。柳婉莹赶紧丢掉还没剪完的窗花，去厨房搬来张艳萍这个救兵。母女俩费了九牛二虎之力才把双方的怒火压下去，只是眼前这顿所谓的团年饭已经变得索然无味。从腊月二十九到大年初三，家里的暖气片仿佛停摆一般，室温直接降到冰点以下，一家四口说话也都像含着冰块，刚吐出一个字，就能让对方的五脏六腑速冻成团。

鹤川真的太冷了。柳成铭开始怀念淞浦汹涌澎湃的人潮和暖意融融的阳光，每次在寝室楼下往草坪一躺，全身就自动披上一件华贵的金缕衣，也只有那个时候他才是闪闪发光的。

柳成铭决定提前离开。他带走了书架上摆着前进姿势的变形金刚，也带走了自己对家乡的最后一点眷恋。就像小时候父母吵架他总躲回学校的自习室一样，这一次他能躲得更远：躲进淞浦的高楼大厦里指点江山,躲进宁港的工业园区里汲汲营营,躲进世博会的展馆里迎来送往……他主动褪去那层稚嫩的保护壳,躬身踏入初具规模的名利场。

2010年暑假,他与邱涵一起在世博会中国馆的志愿者休息区,写完了创业比赛的企划书。大三刚开学,他们立刻拉上机器人研究社的郭华和唐晓波,给团队起名"千禧之约"并正式参赛。四人分工合作,除了编程以外,柳成铭还主动揽下BP撰写和汇报演讲的杂活,优化后的"智能机器人"项目最终拿下全国唯一的金奖。喜讯刚传开,连济仁大学的官方微博都特意向他们发了祝贺函,权威媒体的采访邀请也接踵而至。四人却在荣誉加身时悄悄溜出校园,找了一家物美价廉的大排档庆功。

一路上,邱涵故意走慢几步,悄声问道:"成铭,你是不是遇到了麻烦?我看你刚才打电话时,有些心不在焉的……"

"不是麻烦,是俺想把俺妈和妹子都接到淞浦来玩,所以暑假可能没法去宁港实习了。"

"不要紧,反正咱都拿奖了,还实习啥啊?我爸说让我们暑假在宁港选个厂址,等咱毕业了就能马上筹建生产线。你挑个时间把阿姨和妹妹接到淞浦,我来安排游玩行程。"

柳成铭拍拍他的肩膀,"这回你就别跟俺抢了,她们是来淞浦。下次去宁港再随你安排。"

"好好好,听你的,给你表现机会。"邱涵接连摆手,"我不抢功,绝对不抢。"

"这才厚道嘛!"柳成铭低头瞅见他脚踝处的血渍,忙问:"唉,你脚上的伤怎么回事?"

"被玻璃碎片划了个小口子,不碍事。"

柳成铭有些担心,忙道:"要不还是去校医院看看吧?万一感染了怎么办?"

邱涵却爽朗一笑,"看什么看?我哪有那么金贵?走吧,别让他们久等。"

他拥着柳成铭的肩膀疾步追赶,终于追上了另外两人的步伐。半轮残阳浮在黄浦江面上,江水荡着汩汩如血的波涛向东奔流,并肩而行的四位少年,也都同时奔向了属于自己的未来。

2011年的暑假,他们先以嘉宾身份参与财经频道《共创未来》综艺节目的录制,又接受《回声》《创投圈》《时代青年》等权威纸媒的采访。8月初,他们转道宁港考察工厂选址,一直忙到出国前两周,柳成铭才有空把母亲和妹妹接到淞浦。

阔别重逢的瞬间,张艳萍喜极而泣,差点忘了该说些什么。柳婉莹主动告诉哥哥,这两年无论刮风下雨,自己都会陪母亲出摊卖窝窝头,早市散去再赶回学校上自习,就像他当年一样。柳成铭颇为动容,一边带她们游览淞浦的名胜古迹,一边把这两年在外打拼的经历娓娓道来。邱涵也在第三天下午陪她们玩了一圈,还请她们吃了一顿地道的本邦菜。张艳萍知道他是柳成铭最好的朋友,不由得接连向他表示感谢。

"阿姨,您甭客气,我跟成铭是互相帮助,共同进步。"

"哎呀小伙子,你去过俺们东北吗?怎么东北话说得这么地道。"

"我没去过,平时跟成铭待久了,口音也受他影响。不过我的确很想去鹤川看看,早就听说阿姨您的手艺特别棒,不知道我有没有口福能吃到您做的窝窝头?"

"当然没问题!只要你来鹤川玩,阿姨肯定给你做三笼屉!叫你一次性吃个够!"

……

欢声笑语从餐厅涌出来飞向云霄,又缓缓落回她们下榻的快捷酒店。这几天,柳成铭一直想找机会询问父亲的近况,可话到嘴边却像含着数千根锋利的银针。于是他始终沉默不语,所幸不管是母亲还是妹妹都没有主动提起,否则他真不知道自己会有什么反应。

离开淞浦前,张艳萍把自己在静安寺求来的平安符交给柳成铭,并叮嘱他在国外留学时一定要注意人身安全,如果可以的话最好穿防弹衣上学。柳成铭收下平安符,告诉母亲纽约州的枪支管理非常严格,并且四人已经决定在较为安全的社区合租一间公寓,一旦有问题也能互相照应。

"您放心,我们保证平安回国!"

张艳萍勉强安心下来,犹豫片刻后另起话头:"回去之前妈还有个事儿想跟你讲,你能不能把这次的荣誉证书复印一份给俺带回去。俺想贴在你妹妹的书房,激励她向你学习。"

收拾行李的柳婉莹忙附和道:"对呀哥!你可是我的榜样!"

"你们等我几分钟,我马上回来!"柳成铭立刻跑回寝室,拿出准备签证时多复印的那份荣誉证书,以最快的速度返回酒店送到母亲手上。

看着气喘吁吁的儿子,张艳萍擦了擦他鬓角的汗珠,"一路平安。俺跟你妹妹先去火车站了,你不用送,俺们自己走。"

柳成铭于心不忍,还是不顾母亲反对,为她们叫了一辆去淞浦火车站的出租车。眼看它朝天边那片红透的朝霞疾驰而去,他恍然想起自己头一次离开家乡的那个清晨,汽车也是在漫天霞光里穿梭,只不过当初送别的人与此刻牵挂的人,已在不知不觉间交换了位置。他望着车辆消失的路口,暗自许下无人知晓的诺言。

三

"我一定要让她们过上最好的日子。"

亲眼见证纽约的繁荣后,这份根植于柳成铭心底的热望,就像一株破土而出的嫩芽,迎着阳光雨露蓬勃生长。他变得越来越开朗,主动在学校里结交不同肤色的朋友,和团队一起去证券交易所门口合影留念。四人还多次参与联合国下属机构发起的义工活动,又在第四季度飞往硅谷实习了两个月。各类专业考试对他们来说更是易如反掌,一个学期下来,每个人都取得了综合学分 4 分的好成绩。

也同样是在那段时间,互联网上的社交软件如雨后春笋般不断涌现。柳成铭受邀注册新浪微博账号"柳成铭 Lewis",把自己做名校交换生的经历分享给国内网友。不到半年,他便积累了数千名真人粉丝。评论区最活跃的账号是"上善若水",他几乎点赞并评论了柳成铭的所有博文,不管柳成铭发布什么内容,他都第一时间留言"抢沙发"。

跨年夜当晚，柳成铭晒出一张与巨幅英文海报的合影。

"上善若水"立刻评论道："铭哥，这是在哪里啊？"

柳成铭用账号回复："我在强森基金交流会的现场。"

邱涵发现他一直盯着手机屏幕看，忙小声提醒："成铭，你干吗呢？马上轮到你发言了。"

柳成铭赶紧端正坐姿，向讲台上正在推进流程的主持人讪讪一笑。四人盘算出50多万人民币的启动资金缺口，他们决定利用海外求学在当地找一位天使投资人，提前把"智能机器人"的概念打入国际市场。济大校方得知这一需求，便为他们从中斡旋，请纽约大学同意四人以本校生的身份，参加此次投资吹风会。

好在柳成铭的宣讲详略得当、重点突出，尽管只说了不到20分钟，依然给人留下极为深刻的印象。自由交流阶段，不少顶尖投资人都围过来找他们一对一谈话。

麦斯基金会的负责人主动向柳成铭递上自己的名片，"你好，我叫鲍勃·豪威尔，来自伊利诺伊州芝加哥市。我刚才听了你的发言，觉得十分精彩。不过，你们的产品设计理念和对市场潜力的预估我没听明白，请你为我答疑解惑。"

"没问题。"柳成铭拿出企划书耐心讲解。鲍勃一边听一边点头，可最终仍遗憾地表示自己没法参与。毕竟对他们基金会而言，优先级最高的是环保项目，而柳成铭他们的项目虽然具有先进的理念，但还达不到节能减排的生产标准。

他发现柳成铭有些失望,很快递上另一张名片。

"吴舒宁?"

"对,他是华人商会的会长。你们的项目,我想他应该感兴趣。"

"那我们怎么才能认识这位先生?"

"明年1月23日是你们中国的农历春节,届时唐人街将举行盛大的庆祝活动。吴先生每年都会带亲人过来参加。如果你们想认识他,我可以在活动现场帮忙引荐。"

"那太好了!谢谢你,鲍勃!你真是我们的幸运星。"

其余三人得知这一喜讯,也都激动得在公寓客厅上蹦下跳。尤其是早就对吴舒宁有所耳闻的邱涵,更是眉飞色舞地说起了这位老先生的传奇经历。

"吴先生的祖籍在闽南银泉,不过他母亲是阿拉宁港人,据说'舒宁'这个名字就是老阿嬷起的。抗日战争末期,身为长子的他为了筹钱救治母亲,被当时的买办集团骗到对岸的旧金山做劳工,可谓九死一生。好不容易挣到大钱也活下来了,却从家乡传来母亲早就被侵略者残忍杀害的噩耗,其他兄弟姐妹也都杳无音信。先生悲痛欲绝,回国给自己的亲人立了一座衣冠冢,就在阿拉宁港人常去的保国寺附近。后来先生有了新的国籍,可是每逢中华民族的传统节日,他都会相约纽约的华人华侨们隆重庆祝。而且他还专门成立了一个对华投资基金会,以个人名义帮助中国的中小企业发展。"

郭华诧异道:"你怎么对他这么了解?"

唐晓波也说:"是啊!你听谁说的,这都赶上背景调研了吧?"

"当然是听我爸妈说的。2000年以前,吴先生一直在资助我家工厂。加入世贸组织后三年,工厂扭亏为盈,他们就拿出10个点的干股送给吴先生,当作对他的报答。"

"先生拿了吗?"

"这我哪知道?那时候我还小,不懂大人的事。"

"唉,你说,要是吴先生知道你是他资助过的晚辈的儿子,会不会立刻投资我们?"

"不一定吧?人家肯定也要看投资回报率和我们的市场定位,万一不符合人家的——"

他话音未落,柳成铭抢白道:"没关系,咱们可以争取。"

邱涵反应过来,忙问他是不是想到了什么好方法。柳成铭做出用筷子扒饭的动作,"既然吴先生这么眷恋祖国,咱们就当他还是个中国人好了。鲍勃跟我说,除夕当晚除了舞龙和舞狮以外,还有一场华人年夜饭,所以到时候……"

三人心领神会。

"谁酒量好,谁多喝几杯啊!"

"那肯定是咱成铭啊,东北的大老爷们,能不会喝酒吗?"

"别这样,我什么酒量你们还不清楚吗?"

……

玩笑声与打闹声逐渐淹没在新年夜的烟花里。零点钟声敲响，2012年如期而至。看着窗外绚烂的烟火，柳成铭想起了小时候听过的"玛雅预言"。据说今年的圣诞节前夕12月21日就是所谓世界末日，大量小行星会在当天撞击地球，带来持续三十三年的暴雨，届时所有大陆都将被水淹没。为了活下去，人们必须提前登上那艘救苦救难的"诺亚方舟"。这是上帝创造的神器，只有格外虔诚的信徒才能成为活命的天选之子。

柳成铭自顾自地摇摇头，一声轻笑很快从他的齿缝里逸出来。什么上帝？什么神器？不过都是唬人的谣言。在这个爱拼才会赢的时代，只有自己才是那个"胜天半子"的造物者。他要创造属于自己的奇迹，哪怕某天真的末日降临。

"新年快乐，一起加油！"邱涵伸出右手，分别看了三位伙伴一眼。

柳成铭第一个紧握上去，郭华与唐晓波也相继把手搭过来。"一起加油！"

四只手在空中凝成一座丰碑，极为罕见的蓝色烟花刚好在落地窗外腾空绽放，如同屋内青年的梦想，璀璨而盛大。

元旦过后，唐人街的年味越来越浓。舞龙舞狮的演员们每天都穿戴整齐去街头排练，吸引了不少好奇的目光。连锁中餐厅"千里共婵娟"负责提供本次华人年夜饭的酒水菜肴。他们特意提前一个月从国内采购食材，用最高效的办法运回纽约，以求还原华人的家乡美味。四人听说八大菜系都包含在内,不由暗自期待。毕竟在纽约这大半年,他们几乎天天吃西餐,从小被养得刁钻十足的中国胃早就无声抗议。

只是当时的柳成铭还不知道,一个人能改天换地、改头换面,甚至连本心都能舍弃,但打小受过食物滋养的味蕾只会默默沉睡,而不会就此湮灭,无须任何宏大的仪式,仅仅一缕若有若无的麦香就能将它立刻唤醒。

他嚼着碗里的窝窝头,恍然忆起母亲那双粗糙如麦皮的手,如树根抓紧大地般遒劲地攥紧了他的大脑。正是这双手用揉出的面团筑成一道城墙,撑起了他心中简单又执着的梦想。去年除夕夜,他独自一人在宁港工厂的宿舍里复盘创业比赛的改进点,收发室的张哥给他送来一顿饺子和一个快递。他拆开快递发现里面是一台最新款的笔记本电脑,还有一封母亲的亲笔信。

"恭喜你们马上就要进决赛了。妈知道你平时舍不得花钱,所以给你买了一台电脑。这是妈支持你的,不许寄回来。儿子,收下它,好好加油!要给你妹妹做榜样哦!"

似乎有根牵制自己的安全绳索被爱意悄然割断,他的眼泪如大坝决堤,一泻千里。

"成铭?成铭,别走神。"

身旁的唐晓波用膝盖碰了碰他的大腿。柳成铭赶紧咽下还没吃完的窝窝头,假装眼睛不适,低头用手轻轻揉了揉。虽说只是华人年夜饭,四人的重视程度不亚于一场商务宴请。于是他迅速调整坐姿和表情,融入当下热闹的氛围中。

由于彼此算半个老乡,邱涵和吴舒宁一直用宁港方言聊得热火朝天。桌上除了东北的铁锅炖大鹅与鲁菜葱烧海参,基本都是大名鼎鼎的本邦菜。尤其宁港人过年常吃的红膏舱蟹、鳗鱼干和宁式鳝丝,更是备了双份。主食除了米饭、面条和窝窝头,还有黑芝麻馅的宁港汤圆。引荐人鲍勃也跟他们同桌进餐,身为西方人的他似乎对中国主食颇为了解,还知道宁港汤圆要放猪油和绵白糖,再撒点桂花才算正宗吃法。

"看到你们年轻有为,我也很高兴。"吴舒宁终于用普通话问道,"要不你们四个都说说看,为什么想进入智能机器人行业?"

四人默契地交换眼神,知道这是他老人家吃高兴了准备开启正式话题,于是挨个表明自己的态度。郭华说市场前景广阔,唐晓波说毕业了想学以致用,邱涵借用梁启超的《少年中国说》往国家发展层面回答。

轮到柳成铭时,他不卑不亢地说:"以上这些都是我们团队的共识,我特别赞同。不过我自己还有个私人缘由,促使我进入科技行业。实不相瞒,我的科技启蒙者是我母亲。她在我中考结束那天送了我一个变形金刚,这款玩具陪我度过了高中和大学的奋斗时光。四下无人时,我总爱跟它说话,可惜它是个哑巴,没法给我回答。这个时候我总想,如果它能与我互动,或者有语音储存加播放功能该多好，这样即便我远在异国他乡，也能随时听见母亲的声音。"他瞥着吴舒宁的神情，变换出更为诚挚的语调，"我想每个孩子都希望得到父母的陪伴，每位父母也都不想缺席孩子的成长，可现代社会总有这样那样的不得已，使得父母与子女天各一方，所以我想开发一款造型独特的智能机器人，搭载语音识别系统，父母可以通过手机软件和孩子远程交流，录制生活提醒等等，实现虽然相隔千里，但陪伴近在咫尺的愿望。"

吴舒宁怔忡须臾，红着眼眶点了点头，"好孩子，你们都是中国的希望。待我回去仔细研究这个项目，如果符合预期，我一定做你们的天使投资人。祝你们回国后一切顺利。"

他举起高脚酒杯，同席之人纷纷起身回敬，跟着他一起轻呷美酒。

唐晓波纳罕道："这酒真不错，是张裕解百纳吗？还是长城干红？"

吴舒宁示意大家落座，摇头笑答："都不是。这是中国西南酒业集团生产的'西岭雪'干红，你们在国内应该没怎么见过，因为这款产品是他们专门用来出口创汇的。"他满眼慈爱地看着四名晚辈，"虽然所处的行业不同，但我仍希望将来某天，你们的产品也能走向国际市场，受到全球各地消费者的喜爱。"

四人立刻表态："谢谢先生，我们一定会努力的！"

这顿华人年夜饭一直吃到凌晨一点半才正式结束。送走吴舒宁一家人后,其余来宾也都各自散去。四人回到合租公寓,准备给国内的亲人们送上新年祝福。柳成铭看了一眼当下的北京时间,决定先给母亲打个电话。可惜他连续呼叫三次,手机里的回应都是"您所拨打的电话暂时无人接听"。于是他打开电脑登录QQ,找到在线的妹妹询问母亲近况。

"新年快乐!傻丫头。"

"新年快乐!哥,你那边很晚了吧?还不睡吗?"

"才忙完,拜年结束再睡。俺给俺妈打电话,她怎么不接呢?"

"今天大年初一,俺们回庄上奶奶家了。妈这会儿在厨房做饭,可能太吵了,没听见手机铃声。我在书房写寒假作业,写完这道数学题就过去帮她干活。"

柳成铭十分欣慰地点点头。他拿出去年在硅谷某家商场买的芭比娃娃,拍了张照片给妹妹发过去,"婉莹,这一款你喜欢吗?"

柳婉莹立刻回道:"太喜欢了!谢谢哥哥!你什么时候回来啊?"不待他回答,她急忙追述道:"我指的是回家。"

回家?恍惚一瞬,柳成铭不知是因为不胜酒力,还是其他秘而不宣的隐忧,他竟然忘记自己到底离家多久了,只记得在某个寒冷而遥远的冬夜,父子俩因为他的职业规划产生了激烈的争吵。他不知道,这个下岗以后就变得日益消沉和暴戾的男人,面对儿子的反叛与时代的抛弃会产生哪些情绪。是伤心欲绝?还是众人皆醉我独醒?如果他知道,在他眼里不入流的废物儿子已经赢过绝大多数同龄人，会发自内心地感到骄傲吗？

就在他的思绪一片混沌时，柳婉莹发来一张照片：张艳萍与柳兴国并排坐在木凳上，柳婉莹站在母亲身后，双手搭在母亲肩头。合照背景正是柳兴国的荣誉墙，墙上最显眼的位置贴了一张金奖证书复印件，还有一枚已经有些褪色的济仁校徽。

"就差你了哥，咱们还没拍过一张完整的全家福呢！"

猝然间，柳成铭的双目混浊得几乎快要失明，只看得见一圈白光和窗外浅红的、墨绿的斑点，到最后连这些光斑也看不清，就这么慢慢地缩小再缩小，终于彻底地在眼底熄灭。

两行清泪潸然滑落，一锤定音似的，他回道："好，我今年暑假就回家。"

四

"岭外音书断,经冬复历春。近乡情更怯,不敢问来人。"

客车越逼近那座气势恢宏的"迎宾门",柳成铭越能体悟宋之问写下《渡汉江》的复杂心情。尽管距离他上次出走才过去短短三年,如今的鹤川早已和记忆中的大不相同:随处可见的高楼大厦,焕然一新的街道小巷,点缀着东北平原苍翠又凉爽的夏日。一掌宽的小红旗和五环旗并排插在主干道的花坛里,市区大大小小的餐厅都挂出横幅,邀请外地游客进店共赏伦敦奥运会开幕式。他这才听见周围错落有致的异乡音调,发现一辆又一辆旅游大巴从省城方向鱼贯而入。饶是如此,他依然不敢相信淞浦平地起高楼的魔术也能在自己家乡上演。曾经在他看来"封闭且愚昧"的老家人,也都变成了热情好客的东道主。有人甚至把他当成初来乍到的背包客,主动给他介绍鹤川的地道美食。他摆手婉拒,亮出经年未改的乡音,才化解这场"认主为客"的尴尬。

"爸!妈!妹子!俺回来了。"

柳成铭提着大包小包的礼物,奔向那间陈旧又熟悉的房门。柳婉莹第一个迎上来,从哥哥手中接过日思夜想的芭比娃娃,然后牵着他的手走向会客厅。坐在炕头的柳兴国当即放下报纸,起身冲他张开怀抱。柳成铭微微发愣,反应过来后,他连忙把所有礼物都递给身旁的母亲,再朝父亲倾身抱上去。

柳兴国拍拍他的肩膀,"回来了,吃饭吧。"

柳成铭低头扫了一眼桌上的菜色和那壶熟悉的烧酒,含笑应了声"好"。一家四口盘腿上炕,边吃边聊三年来鹤川日新月异的变化。他这才知道,去年5月,父母贷款买了一套80平方米的学区房,虽然项目还没竣工,但今年9月份妹妹可以如期升入最好的中学读初一。为了共同还贷,从淞浦回来以后,母亲就办理了健康证明,被聘到一家连锁餐厅做面点师傅。父亲也经人介绍,成为兴安林场的一名库存管理员,日常工作是做好农产品的出入库登记,偶尔充当农户与物流企业的沟通桥梁。

"虽然没有编制,但能为国家效力,俺自豪。"柳兴国举起酒杯,仰头一饮而尽,"政府号召咱鹤川的农产品'走出去',俺就发挥余热,把当年的管理经验拿过来用。你小子可能忘了吧?俺当年是咱们钢铁厂数一数二的八级工,是被党委当作储备干部来培养的!"

父亲明显醉意上头,柳成铭却极为耐心地说:"俺记得,毕竟俺也是见证者!爸,看到您主动拥抱新时代,俺为您高兴。"

柳兴国挥手,侃侃而谈:"多亏三年前,你让俺睁眼看世界,俺才发现外面早就是科技与网络的时代了,你们这代年轻人赶上了好时候!成铭啊!俺这辈子最骄傲的事情就是人到中年幡然醒悟,尤其点醒俺的还是俺宝贝儿子!记得你上大学前说,你要出去打下属于自己的江山,俺还跟你大吵一架,说你异想天开,如今看来是俺门缝里看人——把人看扁了。"

断片的记忆突然像一台破旧不堪的电视机,频频闪起扭曲的光弧,一下又一下,直至满屏雪花尽数抖落,才显露出被岁月掩埋的残忍真相。"伦敦八分钟"正好出现在今晚的荧幕上。它本是柳成铭对北京奥运会闭幕式唯一的记忆,如今随着那辆红色的双层巴士缓缓驶来,他想起了自己的盛气凌人,想起了父亲的勃然大怒,以及那句借着酒劲说出来的"你没出息"。难怪第二天只有母亲一个人送自己去车站,难怪大一那年寒假,父亲坚持用长辈的身份压制自己。他是那么害怕大权旁落,害怕众叛亲离。可从古至今父与子的权力更迭大都充斥着腥风血雨,既是"下克上"的反叛,也是"强凌弱"的压制。

只是,他柳成铭费尽心力赢了而已。

此时此刻的荧幕上,双层巴士载着圣火驶抵奥运总火炬台;荧幕外,少年心里追求胜利的"圣火"却先于它点燃。他举起酒杯,如同端着庆功的佳酿,"君子一言,驷马难追。凡是俺定下的目标,无论前路多么艰险,最终一定会实现。爸,如您所言,属于俺的时代到了,俺不光能打江山,也会守好来之不易的城池山河,请您放心。"

柳兴国颇为动容,颔首道:"放心,放心。爸最后再叮嘱你一句话,不管将来你当多大的老板,一定不能荒废自己的技术去走旁门左道,也千万不要做对不起国家的事情,哪怕你吃点亏都不能叛国,毕竟你创业的本金是国家给的,人要常怀感激,记住了吗?"

"记住了。爸,咱再喝几杯。"

父子俩一杯接一杯地喝下去,直到那壶东北头锅见了底,柳成铭才从背包里翻出自己的优秀毕业生证书。他指了指东侧那面荣誉墙,"爸,以后贴原件吧!"

柳兴国怔忡须臾,双手接过那张淡黄色的烫金道林纸,哽咽声含混着酒气从他的喉腔喷涌而出。张艳萍也背过身去偷偷擦拭眼泪,唯有柳婉莹喜滋滋地说:"哥,你把原件给咱爸了,啥时候借我复印一份呗?这回我真要贴在书房里。"

夫妻俩破涕为笑,柳成铭也忍俊不禁,直嚷着要收回芭比娃娃。柳婉莹连连求饶,哄着大家继续吃菜喝酒,这才成功转移话题。饭后,柳成铭还跟父母和妹妹分享了近段时间的创业历程。他说毕业当天他们四人聚在一起合计,决定把千禧科技有限公司注册在淞浦吴江,工厂设在宁港市郊。此举可以同时享受两地的政策扶持。况且宁港靠近钱塘,还能搭乘近几年电商产业的东风,迅速占领华东市场。他转而提起淞浦的人才引进战略,决定把户口从鹤川兴安迁到淞浦吴江,以"新淞浦人"的身份打拼奋斗。夫妻俩纵然心有不舍,但觉得这件事情对儿子来说利大于弊,还是点头同意了他的想法。

相聚总是短暂的。拍完一家四口的全家福,办理完户口迁移手续,柳成铭便乘坐北方航空公司的班机飞抵淞浦荣桥机场。曾经赶早班汽车到省城,再坐十几个小时火车去学校的日子从此一去不复返。他走进吴江区那间干净整洁的出租屋,看着书桌上保持前进姿势的变形金刚,打开台灯给它拍了一张特写照片——他仿佛看到多年后自己也在聚光灯下受万众敬仰。

邱涵用短信告诉他,吴舒宁的首笔个人投资已经到账,他们可以大干一番了。柳成铭很快转目于变形金刚左侧的四人合影:照片背景是纽约证券交易所大楼,在这座被众多企业家顶礼膜拜的圣墙前,他们每个人都笑得热情洋溢。当时他们默默许下心愿——未来某天,一定要在纽交所的屏幕上看见千禧科技的专属代码。

为了达成这个宏大目标,四人兵分两路。一路由邱涵带领,专攻技术难题,提升产品的核心竞争力;一路由柳成铭带领,利用他本人在互联网的广泛影响力,专研粉丝经济和捆绑营销。从外观设计的稿件剧透到频繁接受电视新闻栏目的采访,再到生产线开放日组织账号的"铁粉"免费参观,各式各样的手段令他们乐此不疲。这使得千禧科技连续两年蝉联微博青创团队影响力榜首,越来越多的粉丝群体和国内意向投资人打算了解他们的创业故事。

柳成铭索性开通《千禧之约》付费专栏，与粉丝分享团队的奋斗经验。他又在整体订阅量破千后，新设《我与母亲》的随笔专栏，讲述母亲张艳萍如何为自己种下关注科技发展的种子，如何呵护它长成如今这棵参天大树。

及至2014年6月19日，千禧科技有限公司成立两周年之际，柳成铭的微博粉丝数量突破10万大关，他们设计的"太阳神"系列产品，也终于面向全国市场开始销售。忠实粉丝"上善若水"一次性买了五个同款机器人，在千禧科技的公司"超话"里大夸特夸产品性能。那段时间，许多国内外的软件大佬也陆续跟风发帖，剖析他们的核心技术，柳成铭还收藏了几篇翔实又有趣的文章。随着关注者越来越多，柳成铭决定成立全国粉丝后援会。他特意选择与自己十分投缘的"上善若水"做会长，还经常在粉丝群举办抽奖活动笼络人心。

当然，他更没忘记改善父母的生活条件，并主动承担妹妹柳婉莹的学费以及生活费。

"妈，我给您和爸买的iPhone6 Plus用得习惯吗？"

"习惯习惯。婉莹还给俺注册了微博账号，要俺看你写的文章嘞！儿子啊，你把俺夸上了天，万一被人知道俺就是个中专文凭的面点师傅，岂不是给你丢脸吗？"

柳成铭一早猜到母亲的想法，忙温柔地反驳她："丢啥脸啊？你们那个年代，只有班里的尖子生才能读中专，成绩不好的还没资格呢！您就别妄自菲薄啦！"

　　他这番话说得有理有据，张艳萍终于松了口气，转而关心他的生活起居和感情问题。柳成铭赶紧以公司需要开会为由，匆忙挂断母亲的电话。其实这些年，他的微博评论区也时常有粉丝八卦他的择偶观，尤其在团队其他三人都陆续"脱单"并发微博公布以后，铁杆粉丝们都好奇他会和什么样的女人组成家庭。柳成铭却常常以"拯救世界"的动漫人物自比，摆明不到而立之年绝不结婚的态度。久而久之，也就没人紧追不放了。但唯有他自己知道，尽管这两年父子关系有所缓和，可记忆深处父母的激烈争吵与每日清晨母亲茕茕孑立的孤影，总像一片厚重又沉闷的阴霾，任凭时光飞逝二十余载，也依旧在他心头久久不散。

　　每每想到"婚姻"这个怪物正在身后越逼越近，他又像以前离家出走那样，逃到了他认为绝对安全的地方 —— 纽约。

　　时隔两年故地重游，柳成铭已经从当初的纽约大学交换生变成千禧科技有限公司的创始人。他拿着吴舒宁的亲笔邀请函，直奔在纽约市中心举办的中美企业家年会现场。原本邱涵也在受邀之列，可由于软件升级迫在眉睫，他便主动留在国内"督战"，请柳成铭代替自己和家人向吴先生问好。柳成铭只好买了8月初独自前往纽约的头等舱机票。

　　此时他刚走到希尔顿酒店的宴会厅门口，就看见两边的镀金门把手上各垂挂着一个中式铜制熏炉，浓厚的桂花香由内而外逸散开来，直勾勾地扑着人面。一块青玉浩然阁画屏赫然立在双扇门后，透过细腻的天丝纹路朝内望，隐约觑得几许觥筹交错中的身影。跟随侍者款步入内，又见厅内遍置绮罗氍毹[1]，极尽靡丽。高脚圆桌上，牛排鹅肝与中式菜肴交错摆放，茅台、拉菲、波尔多等名贵酒品也都排成一排，供与会人员随意挑选。四周的壁画内容是西方圣母与扶摇飞仙携手共舞，背景音乐由古筝版《欢乐颂》与长笛版《茉莉花》的旋律交替播放。不同肤色与年龄的企业家在这里自由攀谈，颇有一种天下大同的和谐气派。

柳成铭端起自己最熟悉的"西岭雪"干红，走向千禧科技的贵人吴舒宁。由于柳成铭本身形象气质极佳，又是在场唯一的"90后"创业者，年仅24岁的他很快受到周围前辈们的关注。

吴舒宁把他介绍给纽约当地的进出口经贸商，又请他做机器人项目的详细介绍，这才转到别处应酬。柳成铭当即巧舌如簧拿下四张产品出口订单，成功使千禧科技开拓了梦寐以求的海外市场。鲍勃作为投资基金管理人也应邀出席。他看见老友柳成铭取得如今的成就，连忙走到他身侧向他祝贺。

就在两人相谈甚欢时，一位容貌姣好的少女突然闯入他们眼帘。她穿着一身香奈儿的经典款黑白连衣裙，单肩挎着迪奥信封包，手里端着一杯淡粉色西柚果汁，稚气未脱的俏脸上覆着一层名

---

[1] 音"qú shū"，毛织的地毯，古代产于西域。

利场的脂粉气以及半分浮于尘世的懵懂纯真。

鲍勃首先跟她打招呼:"Angela,好久不见。"

少女礼貌回应,表示自己想单独认识他身侧的柳成铭。鲍勃点点头,推说自己还有个环保项目的负责人要见,待会儿再过来跟他们叙旧。

眼看他转身离去,柳成铭主动开口问道:"小姑娘,请问你是?"

少女应声作答:"成铭哥哥你好,我是昨天给你微博点赞的'颖儿Angela',你手上这杯'西岭雪'干红是我家出口创汇线的明星产品。"

柳成铭的眸光倏然点亮,"所以令尊是西南酒业集团的董事长庄海潮先生?"

"没错,我的中文名叫庄颖,你可以叫我颖儿或者Angela。我写过一篇贵公司机器人的开箱测评文章,还是千禧科技超话里的热门帖呢!哥哥你有印象吗?"

柳成铭点点头,"我有印象。那篇文章写得挺专业。妹妹,你是不是学过少儿编程?"

"没错!我还拿过西南地区少儿编程比赛的一等奖呢!"

"真厉害。你今年多大?"

"我14岁,哥哥你呢?"

"我比你大10岁。不过我有个妹妹跟你一般大。"

"她有微博账号吗?既然是同龄人,说不定我们有很多共同语言。我想和她做互关好友。"

"应该有，不过她没告诉过我。要不咱俩先互关？等我回国问到她的账号以后再告诉你。"

"没问题！又可以认识新朋友了！"

柳成铭当即点开微博，找到庄颖的账号点击关注。那天晚上，他不仅收获了一个可爱的小迷妹，也收获了一段全新的人脉关系——庄颖主动把他介绍给父亲庄海潮，还当着父亲的面催更他们的"月亮神"系列产品。柳成铭先向这位年过半百但气质仍颇佳的前辈表达了自己的敬意，再借机分享千禧科技最新的产品计划。

庄海潮见他诚恳又谦逊，遂和他分享自己的创业经历——从20世纪80年代北京大学研究生毕业后进入粮食局，到90年代中期离开体制下海经商，再到他如何带领西酒集团走出国门，并在竞争激烈的名酒市场站稳脚跟，桩桩件件垒起来，堆叠成一壁风云浩荡的浮世板绘。柳成铭似乎看见一位热血青年奔走在蓉锦街头，一座座高楼大厦自他身后拔地而起，川流不息的车辆与摩肩接踵的行人也都变成了飞速游动的银线蛇，共同织就一条变幻莫测的时空隧道，模糊的光影里，唯有这位青年坚定不移地望向远方。

要多努力，或者努力多久，才能一年净赚几个亿呢？

这个从来不曾困扰庄海潮的问题，困住了柳成铭。彼时筵席已散，他躺在希尔顿酒店的大床上，回想创业两年来的营收状况，忽然觉得跟这些真正的企业家相比，自己身上那层"网红"光环简直不足为奇。尤其他经常在文章中把自己塑造成工薪阶层的天之骄子，所谓的奥赛金奖、理科状元、创业冠军、微博指数TOP50……一个个头衔犹如铠甲加之于身，如今都被现实剥离得丝毫不剩。尽管他知道自古以来都是"人外有人，天外有天"，从小镇做题家到企业创始人，他该毫无保留地认可并接纳自己。可是今晚的庄家父女俩已在无形中给他上了一课，尤其和庄颖相处时，妹妹柳婉莹的身影总在他脑海里挥之不去。

同样是"豆蔻梢头二月初"的年纪，柳婉莹没日没夜地认真读书，平时除了完成老师布置的作业，还要抽空帮母亲分担家务，零花钱也是自己受到资助才变得宽裕起来，纵然如此，她依旧十分节俭。而庄颖已经是粉丝量超过三万的小"网红"了，每天在微博上分享自己的世界见闻和荣誉证书，偶尔晒晒精致的日常生活，就能引得网友们一片歆羡，掌声与欢呼声尽数涌向了这个从来不缺爱与关注的千金大小姐。

两个截然不同的世界在他脑海里交织重叠。此时此刻，他活像一个被欲望劈成两半的提线木偶，一半是烈火烹油的热，一半是寒彻刺骨的冷，反反复复，直熬得他心肠溃烂、血肉狼藉。他借着酒劲昏睡过去，再睁眼时，窗外的太阳已经爬上九尺杆头。前来送机的出租车如约而至，柳成铭把行李放进后备厢，再折身落座后排。

他用英文对司机说："Please drop me off at 11 Wall Street and wait for me for 3 minutes."

五

柳成铭的出差 Vlog 一经发布，立刻刷屏科技创业圈，并持续三小时在微博的低位热搜榜徘徊。团队伙伴们聚在一起反复欣赏了数十遍，又听他本人分享这次的所见所闻，尤其是已经拿下出口订单时，他们都乐得在办公室上蹿下跳，就像当年得知可以认识吴舒宁一样。

"他们不仅要'太阳神'系列产品，还要最新款的'月亮神'。涵，产能跟得上吗？"

"有压力，不过如果向园区另外几家企业借用空余生产线，明年三月就能交付。"邱涵似乎想到什么，又追述道，"对了成铭，现在微博只邀请个人用户参与视频功能内测，'月亮神'系列的使用指南就由你出镜录制吧！明天一早厂里会送样品过来。"

"没问题，我来录制。"

长期以来的电视采访经验，使柳成铭练就了一身铁打的本领。即面对镜头时，哪怕是突然转向自己的陌生镜头，他都可以像一位演技绝佳的国际影星，随时随地摆出最完美的姿态。千禧科技推出的介绍视频里，他跟这款"月亮神"机器人在高清镜头下友好互动，脸上的笑容熨帖有度，神色亦有张有弛。结尾处，他还与它合唱了一首外国民谣《Take Me Home, Country Roads》。"上善若水"第一时间组织"铁粉"们"转评赞"（即转发、评论、点赞），一边用几乎统一的话术夸赞千禧科技的审美，一边把产品"华而不实""质量堪忧"的差评全部踩到评论区最底端。路人网友点进去一看，清一色的好评甚至是溢美之词早就堆积如山。

一开始，柳成铭还想制止这种党同伐异的行为，可渐渐地，他便沉浸在被人无脑拥护的快感里，仿佛在吸食取之不尽用之不竭的精神鸦片。它们早在不知不觉间，就将他清醒又理性的大脑腐蚀迷糊。于是他决定打破次元壁，把这群肯为自己冲锋陷阵的"铁粉"全都变成微信好友。建立私人联系的瞬间，"铁粉"们一股脑儿地吹起了柳成铭的彩虹屁，主动性强的几位更是直接向他讲述了自己的人生经历。

"上善若水"正是其中一位。经过一年断断续续的交流，柳成铭慢慢了解到，这位"铁粉"名叫王汉平，来自西北金河市，1980年4月4日出生，比自己大了整整10岁。听说他也是上个世纪的中专生，柳成铭便问他毕业后分配到哪个单位工作。

王汉平却说："俺毕业那年是97年，没赶上96年分配工作的末班车。其实俺本可以直接上高中的，是俺那挨千刀的班主任非要挣个毛球的人头费,所以把俺塞到中专去了,害了俺一辈子。要是俺读了高中考大学,现在也不至于只当个网吧网管。"

柳成铭不辨话中真假,只问道:"那你当网管多久啦?"

"从俺02年结束打工回到金河算起,应该有13年了吧!俺天天上网冲浪,每个软件里都有俺的满级账号。建墙以后,俺也常常翻出去看世界。这份工作也就这点好处了。"

"咋这么说?"

"因为钱少啊!要不是俺学历低,像俺这样的人才,家家公司抢着要。现在都太看重学历了,完全不看能力的……好多高学历的就是个花瓶盖子,拿着碍事,放着也碍事。"

柳成铭开玩笑道:"所以我也'碍事'咯?"

屏幕这边的王汉平突然发现,自己很可能不小心得罪了偶像,于是急忙解释道:"不不不!俺不是这个意思!铭哥你是数一数二的厉害人物,那些花瓶盖子肯定比不了!俺们还等你出新产品以后all in呢!咱千禧科技什么时候上新呀?"

见他主动转移话题,柳成铭也顺水推舟,"去年才出了'月亮神'系列产品,下个系列怎么设计,还得由我们四个创始人商量决定。本来打算这个月开研讨会,但是邱涵准备结婚没有时间,所以得往后推迟一下。至于具体推迟多久,我会在微博上告诉大家的。你让大家少安毋躁。"

"好好好!太好了!邱总什么时候举行婚礼?到时候俺们以粉

丝后援会的名义送祝福。"

"9月15日。"

"没问题,俺先找网络设计部出张海报。"

"那我去试穿伴郎服了,待会儿聊。"

柳成铭关掉对话框,掀开门帘钻入试衣间。他看着面前这套明制圆领青袍,恍然想起邱涵宣布要办汉服婚礼的场景。他说这是他们夫妻的共同愿望,为了完美呈现它,他们已经请来明朝婚俗研究专家做礼仪指导,全面复原从纳采问名开始,到婚礼当天包括合卺礼在内的各项传统礼节。新娘婚服也是仿造皇后吉服打造的凤冠霞帔,极其贵重精美。

柳成铭送上真挚的祝福,心里却不明白,为何从小接受西方精英教育,还两度出国留学的邱涵,成年以后反而热衷于复兴中国的传统文化。尤其创办公司以后,他往自己办公桌上堆了各式各样的茶具,山水画、花鸟画和王羲之的书法临摹作品也成为公司走廊上随处可见的装饰品,现如今连婚礼都要遵循旧时传统举行。

他盯住镜中穿上汉服以后略显陌生的自己,两人交织在一处的眼波愈发荡漾。渐渐地,明灭不定的光影间,浮起了一场声势浩大的婚礼宴会——苏式园林的婉转清幽,绛绡宫灯的影影绰绰,新婚夫妻的海誓山盟……有那么几个瞬间,柳成铭觉得自己已经穿越到了晚明时期的江南地区,正以现代人的身份旁观这场达官显贵的联姻仪式,除了新郎的脸与挚友邱涵一模一样,其他的一切都有恍如隔世的陌生感。郭华和唐晓波却乐在其中,纷纷表示将来结婚时也要举行汉服婚礼,甚至开启密友催婚模式,八卦柳成铭的感情状态。

"哎哟!放过我吧!八字还没一撇呢!哪天真有对象了,我还能瞒着你们不成?"

郭华神秘兮兮地问道:"该不会是经常在你评论区出现的颖儿吧?你每次都跟人家热情互动。老实说,是不是喜欢这个小妹妹?"

柳成铭赶紧挤出一副嫌弃的表情,恨不得离他八丈远,"你想啥呢?人家才15岁,跟我家亲妹的年纪差不多。唉?我在你们眼里就是这种惦记未成年人的变态吗?"

唐晓波顺势勾住他的肩膀,"变态,不过是另一种'变态'。成铭,你一个血气方刚的大老爷们,真打算做动漫游戏里拯救世界的'魔法师'啊?"

"这有什么不好?我的心上人是智能硬件行业,我要跟它谈一辈子不分手的恋爱。"

"啧啧啧,思想觉悟太高了。我觉得你的粉丝不该叫你铭哥,应该叫你'柳政委'。"

……

三人边走边打闹,西垂的镜月照着他们并肩而行的身影,夜色从四面八方涌来,如一张无形的巨手舒展五指,刚好把仪式结束就脱掉汉服的柳成铭,从二人中间悄然隔开。只是当时谁也没有看见这命运微小的动作,没有听见那细若游丝的嘲弄声。

10月底的新品研讨会上,邱涵公布了一个大胆的决定。他认为公司的前期战略过于追求市场扩张,进而忽视了对产品质量的把控。为了避免积攒下来的良好口碑崩坏,他决定挪出一半的收益搞产品的软件和硬件升级,让用户需求落地。可这样一来,企业出口额必将减少,2014年建立的海外贸易渠道也会逐渐荒废。柳成铭不愿放弃走向国际的机会,坚持尽快占领大洋彼岸的市场,过后再考虑"太阳神"和"月亮神"的品质升级。而且现有产品的质量在当地也是有口皆碑,差评率和退货率都远低于市场平均水平,完全不用杞人忧天。

他们第一次产生分歧,都希望取得另外两位合伙人的信任与支持。郭华想了想,说:"我感觉成铭可能没懂邱涵的意思,不如这样,涵,你仔细说说,为什么不让咱的产品走出去?"

邱涵摇摇头,"你们都误会了,我不是不让咱们产品走出去,相反,我特别希望'太阳神'和'月亮神'都能火遍全球。只是,现在时机不对。大家仔细观察今年对岸的选情就会发现,象党推出了一位房地产大亨做总统候选人,这可是一丁点政治经验都没有的纯素人。万一他明年成功当选,难保不会在一些关键问题上使出奇招,比如……"

他话音未落,柳成铭不解道:"可是,这对我们有什么影响呢?他是做房地产的。"

"只要他当了总统,就不可能只关注原来的行业。我们属于中国的科技企业，既有程序设计，也有硬件生产，两项都在这位政治素人许诺选民的制裁领域内。咱们不能赌他必输无疑，再说就算他真的输了，驴党也不见得就能对咱们网开一面，所以还是提前收紧策略吧！至少等明年对岸的大选结果出来以后，再决定要不要接着开拓当地市场。不然这几千万砸下去全打水漂儿了，咱们也不好向吴先生交代啊。"

唐晓波拍拍他的肩膀，"成铭，我觉得涵哥从小对这些东西耳濡目染，这次建议咱们回归产品本身，未尝不是一件'西方不亮东方亮'的好事。你认为呢？"

柳成铭保持沉默仔细思考，终于在所有利弊都权衡一遍后，开口回道："那好吧，我跟纽约那边的经销商们说一声，今年这批货供完以后，如果还要继续合作，明年再跟咱们签订新的合同，反正价格也是一年一谈。"

他们都想徐徐图之，可时间从来不等人。

2016年的新年钟声准时敲响，而后从冬雪渐融到春花烂漫，北半球的梅雨季一过，人类又迎来了四年一度的奥运盛会。地产大亨也以出人意料的方式当选总统，全世界都把目光投向这座民主灯塔，投向海滨高举圣火的自由女神。可是灯塔早已被数千万蓝领工人推成了一座斜塔，自由女神的圣火也在狂风骤雨里几度燃起又熄灭……建墙、退群、加关税、逼迫制造业向本土回流，种种手段无一不昭示着对岸那个不可一世的帝国，正以一种近乎荒唐的方式，在自己亲手建立起来的舞台上转身退场。

柳成铭也感受到了"山雨欲来风满楼"的气势。在这一年的中美企业家年会上，不再有中国的铜制熏炉和青玉浩然阁画屏，壁画图案全部变成了西方的圣母与圣子，只有一些不够地道的中式菜肴，以及一堆叫不出名字的低端酒品。幸好，他最熟悉的"西岭雪"干红还摆在台面上。柳成铭松了口气，端起其中一杯，走向他视作精神偶像的庄海潮。

"庄叔，您今年怎么一个人来？"

"颖儿刚上高一，功课比较紧张，再加上她今年还要参加一个东南亚的义工项目，我就没让她跟我一起来了。"

"难怪她前几天的微博定位在泰国曼谷，原来是在那边做国际义工。"

庄海潮侧过身子面向长条酒桌，颇为感怀道："今年，难啊！这个70多岁的地产大亨真不按常理出牌，一上台居然先打击我们酒水领域，连国人的吃喝拉撒都要管。如果不是'西岭雪'在北美洲还有一定的市场份额，估计我连飞来纽约参会的资格都没有。"

柳成铭也随他一起侧身面向酒桌，"没想到实力雄厚的西酒集团竟然也受到了波及。我们规模小，去年主动缩紧海外业务，本以为能挽回一些损失，结果直接撞到人家架好的枪口上。前段时间，好几个纽约经销商找我们退货，宁愿赔钱也不买我们的机器人。如果不是吴先生力保我这一个参会名额，千禧科技也没有出席的可能。只是可惜了我的合伙人邱涵，前年他因为产品投产在即，主动留在国内监工，今年又因为名额不够直接没法参会，只能由我回国反馈这次的募资情况。如果这次换他来的话，说不定吴先生还能继续给我们投钱呢。"

庄海潮发出一声淡然又颇具调侃意味的苦笑，"你还真别说，这个中美企业家年会我总共参加过五次，从来没有见过哪次的氛围像今天这样怪异。不仅投资人不来了，就连喝酒小聚都分肤色。你看，黑人和黑人一起，白人和白人一起，那些和白人相谈甚欢的黄种人，一听口音就是典型的 ABC，根本不正眼瞧咱们中国人。"他转而向柳成铭举起酒杯，"来！小柳，咱们喝酒！不聊烦心事了，说不定这是最后一届年会呢！及时行乐吧！"

柳成铭与庄海潮礼貌碰杯，趁仰头喝酒之际左右观察，果然没有看见新的投资人，连自己最熟悉的鲍勃也不在会场。吴舒宁的投资款项已在四年内分三次打到公司的对公账户上，如今联邦政府开启对华经济制裁，他极有可能不敢或者不愿冒险继续支持他们的事业。公司两个系列产品的升级才刚完成不久，从投产到上市再到收回成本，最快也需要三年的时间。

该找谁给千禧科技融资呢？

柳成铭没有答案，心里郁闷的他顾不上社交礼仪，一口气喝光了杯中剩余的红酒。

筵席散去后，他返回自己的房间，像两年前那样躺在床上。电视里转播着里约奥运会的男子双人跳水赛事。运动健儿们站在十米高台上,腾空做出复杂的翻滚动作,再以完美的姿势钻入水中。镜头扫到观众席时,与跳水场地紧紧相邻的另一座泳池里,已经长满了青翠无比的蓝藻,似乎隔着屏幕都能闻到那股又腥又臭的腐味。柳成铭微微愕然,因为他清楚地记得,上周这里刚举行过男子200米蛙泳决赛,没想到才过去五天,就变成现在这副样子。

这真的是他从小就熟悉和热爱的奥运盛典吗?

颁奖仪式开始前,导播将电视画面切到里约奥运会的宣传片。航拍镜头绕着圣山基督像飞了数十圈,两个截然不同的世界也在它脚下轮番交替——山脚是现代化的高楼大厦和焕然一新的体育场馆,山上是全世界占地面积最大的贫民窟,矮墙和篷布包裹着璀璨的万家灯火。

柳成铭盯着张开双臂的神像,恍然间又想起诞生于南美洲的玛雅预言。

良久,他轻笑一声:"天地不仁,以万物为刍狗;圣人不仁,以百姓为刍狗。如果有一天这个世界被一分为二,他们依然高高在上地审视欲望,审视苦难,根本不会施以援手。"

那就靠自己去拼杀吧!如四年前那样,创造属于自己的世界,即便某天末日降临。

他最后看了一眼山顶的耶稣神像,在它即将与自己四目相对时,关掉了电视机。

六

　　这一次，柳成铭没有发布出席年会的 Vlog，只分享了九张各类合影的精修图。图片上的希尔顿酒店依旧矗立在纽约市曼哈顿中心，肯尼迪机场的贵宾厅也像两年前那样舒适且豪华，从表面上看，仿佛一切都没有改变，大洋彼岸的这个国家仍旧是被世界人民景仰和艳羡的天堂。

　　他回复完几位"铁粉"的留言，放下手机倒头就睡。没过几个小时，一通来自芝加哥的越洋电话叫醒了他。柳成铭艰难地爬起来打开台灯，看清来电显示后，摁了一下屏幕上的接听键。

　　"鲍勃，好久不见。你找我有什么事？"

　　听见电话那头传来无比倦怠的声音，鲍勃忙愧疚道："糟糕，我忘记你那边是深夜，不好意思，打扰你休息了。Lewis，我是想跟你分享一个方便你们企业融资的机会。我猜你这次来纽约，应该没有筹到钱吧？"

　　"确实没有，"柳成铭很快打起精神抹了一把脸，"不过你们这位新总统不是不让资本流向中国吗?我们还能从你们国家弄到钱?"

"条条大路通罗马,既然不能直接打钱,那就换个方法。你要不要听听看?"

"好啊,你说。"

"前段时间,我们团队特意飞往以色列的特拉维夫,考察了一个沙漠绿洲项目。你也知道以色列的农业技术十分发达,再加上最近'区块链'和'虚拟货币'的概念很火爆,我们决定成立一个绿洲专项基金会,吸纳全球资金,助力中东沙漠绿洲项目的推广。"

柳成铭想了想,仍旧有些迷惑,"意思是我们可以往里面投钱,然后获得收益?"

"没错,你们只需投资10万美元支持对方技术升级,就能获得短期300%的收益率。"

柳成铭揉了揉酸胀的太阳穴,"那这样吧鲍勃,拜托你发一份项目BP给我看看,我先跟团队伙伴们商量一下再说,感谢你告诉我这个机会。"

鲍勃点点头,"没问题。如果你们有融资的需要,麦斯基金会随时欢迎你们参与进来。"

柳成铭挂断电话,拿起手边的团队合影看了一眼,轻轻擦去相框上的灰尘。第二天收到项目计划书以后,他把它下载到专属文件夹里,没有打开看过一眼,也没有告诉团队里的任何人。因为他觉得既然已经做了产品的质量升级和外观改造,那么给他们三年时间一定可以再度盈利，无非就是现金流紧迫一点，还不至于逼近三分之一的红线。

可事实证明，他们都会错意了。

历史的车轮总在不经意间滚滚而来，十年前只能打电话发短信的手机，逐渐变成人人都能轻松操作的掌上百宝箱，衣食住行游购娱，只有人们想不到，没有手机做不到。智能机器人的传统优势很快被手机轻松取代，更何况现在的手机还具备高清视频通话功能，可以让联络双方既闻其声，又见其人。邱涵觉得，如果自己是消费者，与其拿出几千元购买一个只能通话且不便携带的陪伴机器人，不如花同样的价钱买一台功能齐全又轻便耐用的智能手机。

"我们的优势在于人机互联。所以我觉得可以保留这项技术，把用互联网控制陪伴机器人，变成控制家中大大小小的电器。大家想象一下，只要在公司点击'一键托管'，下班回家以后就能省去做家务的时间。我想这大概是所有白领阶层，不管是单身贵族还是双职工家庭都梦寐以求的事情，甚至某些家庭主妇也会喜欢这种解放双手的劳动方式。目前世界范围内这个项目还是一片蓝海，我认为咱们应该抓紧时间抢占先机。"

唐晓波忧虑道："涵，我记得纽约当地有家公司是做这个的，而且做得蛮好。咱们现在入局会不会有些晚了？"

邱涵摇头回答："不会，这段时间我仔细研究过，那家公司的业务范围仅限于智能洗碗机和扫地机器人，并未涉足全屋智能系统。

"我是希望咱们能搭建一条智能生态链，让一部手机实现对全屋的电视、灯泡、窗帘、洗碗机、安防监控等一切家用电器的控制，创新智慧生活，提升咱们千禧科技的品牌竞争力。"

柳成铭心头涌起一阵微薄的怒火，"可是咱们去年才刚做完产品质量升级，出口额腰斩不说，国内市场份额也面对竞争品类的挤压。在资金短缺的情况下盲目追求转型，我认为这个想法有些操之过急。"

邱涵宽慰道："我知道大家担心钱的问题，身为咱们千禧科技最大的股东，我有首要的责任和义务解决这个燃眉之急。所以前天我跟我爸妈借了三千个子的研发基金，够咱们撑个一年半载的。等转型成功赚到钱，再连本带利地还给他们。"

听到这里，一阵酸楚忽然像平湖之下奔涌的暗流，猝不及防地涌向柳成铭心头。前段时间他看着公司的市场报告愁眉不展时，父母也给他打过不少电话，可报喜不报忧的他根本不敢让双亲知道真相，更不希望他们因为帮不上儿子的忙而自惭形秽。为了防止妹妹柳婉莹通过他发的微博内容向父母通风报信，他甚至特意开了一个没有粉丝的小号"行者孙1990"，悄悄吐槽这一年以来的资金压力。从小到大，他早就习惯了独自面对生活中的种种困难，不管是能解决的，还是不能解决的。这种习得性无助已经变成根植于他血肉里的毒芽，只待某个时刻，嫉妒似暴雨倾覆，便瞬间蓬勃生长。

"成铭,你觉得怎么样?"唐晓波拍拍他的肩膀。

柳成铭回过神来,发现光滑如镜的玻璃幕墙正映照着自己冷峻又苍凉的眼神,于是默默收拾好心里的残局,问道:"涵,你能保证只用一年半载,咱就可以搭起智能生态链吗?"

"七成的把握,足够了。"

郭华想到前年地产大亨还未当选时,邱涵就建议缩紧海外业务,事实证明这个决定是对的。于是,他颔首坚决道:"我相信你,涵。别说七成概率,就算只有五成,咱们也要拼一拼。"

柳成铭点点头,"好,我也想办法筹钱,以备不时之需。"

他首先想到自己的"忘年交"庄海潮,都说瘦死的骆驼比马大,作为身价接近十亿的集团董事长,随便拔根汗毛也够他们千禧科技多吃好几年的饱饭。可是无论柳成铭怎么放低姿态当面游说,庄海潮都能巧立名目搪塞过去,甚至反向他诉苦,表示自己特别羡慕高科技企业不用靠天吃饭,而他的葡萄种植园一旦遇上暴雨或干旱,基本都是颗粒无收、产量锐减的结局。

随后,庄海潮又根据国际市场行情,向他重申了自己的观点。

"实不相瞒,目前只有'千里共婵娟'饭店还肯要我的'西岭雪'干红,其他酒店不管是华人的还是白人的,都拒绝接收中国出口的酒品。现在我全心全意主攻国内市场,你也知道那几个国企巨头早就把蛋糕瓜分完了,要从头狼口中抢骨头吃,谈何容易啊?小柳,这回我不是不肯帮你,是心有余而力不足。希望你能理解我的难处。"

话说到这份上，柳成铭早已听懂他的言下之意。于是他也客套一番，在庄海潮的欢送下离开了西酒集团的办公楼。

飞回淞浦以后，他联系了几家出版社，准备洽谈《千禧之约》和《我与母亲》的出版事宜。万花文联根据他的粉丝量级和黏性指数，给出了税后80万的稿酬和每本书60%的销售额分成。不过他们要求他允诺完成至少50万册的销量任务，才为他加急申请书号。柳成铭当即发布微博表示自己准备出版两本书。王汉平收到"特别关注"提醒，立刻冲进粉丝群号召大家支持偶像，还发起个人购买意向接龙，仅仅过去五分钟，就加总了一万两千本。

"王主编，您看这样可以吗？"

"可以可以！柳先生不愧是长虹不衰的青年领袖啊！我们这就为您成立出版项目组。"

事情在两人的谈笑间尘埃落定。柳成铭照常发布自己的营业微博，为将来出版作品积极造势。可没想到一个月后的"手滑"，竟然为他引来不小的麻烦。一位来自西南春城的女生在美国马里兰大学的毕业典礼上表示，自己四年前刚来乔治县时，就感受到这里的空气香甜无比。部分网友为她精妙绝伦的口才点赞，但更多人持反对意见。他们扒出西南春城和乔治县四年来的空气污染指数对比，最后得出该女生"满嘴胡话、无脑舔美"的结论。柳成铭觉得网友们上纲上线，试图从文学角度论证该女生的说法只是一种夸张和比喻。

"你别在这里混淆视听,我就问你能不能看懂污染指数吧?她罔顾事实猛踩春城的空气质量,只为捧对岸的臭脚丫子拿到绿卡身份。这种数典忘祖的汉奸行为,有什么好洗白的?"

"你为她说话,不会也想有样学样,做新时代的汉奸吧?"

"早就看不惯你了,成天装得跟二五八万似的,拉黑取关,好走不送。"

……

反对意见越来越多,网友们的措辞也愈发尖锐刺耳。混迹互联网六年来,评论区竟然第一次出现粉丝无法控制的局面。柳成铭只好删掉那条帮女生辩解的微博,当作无事发生。可依旧有人隔三岔五地要他给西南春城道歉,给那些为国家环保事业付出劳动的人道歉。他觉得他们莫名其妙,于是来一个禁言一个,又发动粉丝举报这些网友对其进行人身攻击,好不容易才勉强平息这场失控的风波。

浪声遏止处,却逐渐浮起另一番喧闹的光景——随着中兴、华为等科技企业被大洋彼岸的联邦政府纳入实体制裁名单,中文互联网上的"挺美"与"反美"言论战逐渐出现平分秋色的势头,两国的经贸关系似乎已经走到剑拔弩张的境地。

那段时间,从庙堂之高到江湖之远,绝大多数中国人都在这两家公司身上窥见了法国阿尔斯通的身影,也听到了它当初掉进专属陷阱之前凄厉的呼喊声。

柳兴国与张艳萍看见新闻,连忙打电话关心儿子。

"成铭,你们千禧科技没在那份制裁名单上吧?"

柳成铭哭笑不得,"没有。爸、妈,俺们才多大体量啊?人家看都不看的。放心好了。"

柳兴国却一反常态,严肃地说:"那你们也千万不能放松警惕。你是不知道这些洋鬼子有多狡猾,当年朝鲜战争期间,你奶奶的娘家丹东还遭受过他们的飞机轰炸呢!说是只打朝鲜不越国界,最后还是打过来了,炸死了好多无辜老百姓,其中就有你太姥爷。所以你们一定不能相信那帮白皮土匪的话,一定不能。"

柳成铭夹着手机一路疾步奔向会议室,"俺知道了爸。婉莹已经升高三了,你们平时多关心关心她的学习情况,公司的事情俺会跟邱涵他们商量处理的。你们就甭操心了。"

"好,反正你小子要记着俺六年前说过的话。"

"俺一直记着的。爸,俺到会议室门口了,回聊啊!"

不待父亲回答,柳成铭匆忙挂断电话,推开了公司会议室的大门。刚走进去,他就看见书桌上摆着两摞《美国陷阱》,邱涵和唐晓波坐在旋转座椅上正仔细阅读书本内容,郭华则靠着咖啡桌边看边写笔记。刚才在出版社与王主编商议签售会流程时,柳成铭也在万花文联一楼大厅的书架上看见了这本书,只是他向来对畅销书不感兴趣,只钟爱外国文学名著。于是他半开玩笑半认真地问道："涵，今天咱们学什么呀？"

邱涵站起来，邀他走向东侧那块智慧屏："柳大作家，杜牧的《阿房宫赋》还记得吗？'秦人不暇自哀，而后人哀之'，为了防止'后人哀之而不鉴之'，咱们今天可得好好学习一下对岸整治阿尔斯通的手段。"他点亮屏幕，双指放大图表上的数据，"你看，这些都是被制裁的跟咱们有业务往来的科技企业，眼下生态链搭建进入关键环节，最重要的芯片供应量却急剧减少，恐怕咱们这个项目得延长到明年一季度才能完成了。"

柳成铭会心一笑，"我明白，大家是不是担心钱的问题？去年决定转型的时候，我就说过我也会筹钱以备不时之需。今天早上王主编告诉我，两本新书的发布会就定于这周日上午九点开始。税后稿酬已经到手，今后每卖出一本，我还有60%的销售额分成。以我现在80多万的微博粉丝量级，加上咱们公司官方账号的助力，《千禧之约》和《我与母亲》一共卖出50万册不成问题。这些钱我都会投入公司的智能生态链项目，帮咱们撑到明年一季度结束。"他随即调侃道："涵，你总不能再问自己爸妈借钱吧？那三千个子咱还没还呢！"

唐晓波站起来，分别拥住邱涵和郭华的肩膀，"我刚才说什么来着？成铭也是走一步看三步的人，他肯定早就准备好充足的资金来支持咱们共同的事业了。所以放心吧！咱还是像当初那样兵分两路，我和成铭用官号与私号对外宣传造势，你俩一个负责盯紧技术部，另一个去联络想买技术的大佬。"

邱涵点点头，露出释然的微笑，"好，那就这么办。稻谷科技的李总确实想了解咱们的智能生态链，我改天跟他约个时间当面聊聊。"

"李总？就是那个创业之初，天天跟员工喝豆浆当夜宵的李军吗？"

"没错，就是他。听说那段时间，他们把常见豆类的豆浆都尝了个遍，所以产品也全都以各种各样的豆类来命名。"

"可以啊涵哥！怎么之前没听你说？连我们都瞒着。"

邱涵开玩笑道："人没凑齐难道我挨个通知吗？大家都多久没聚一起了？你们说说看。"

其他三人不约而同地摸了摸后脑勺，以择日不如撞日为由，请他去公司附近的连锁餐厅吃晚饭。席间，柳成铭总是想起2011年6月，组成"千禧之约"的四人拿下全国大学生创业比赛金奖的画面。为了躲避辅导员和电视台的"夺命连环Call"，他们悄悄溜出校园，找了一家物美价廉的大排档庆功。如今八年多过去了，身旁的三位伙伴已经陆续成家，单身的自己也总忙于出席各种商务活动，以及接受各种媒体采访，似乎再难有今天这样"偷得浮生半日闲"的悠然时光。他颇为感怀，陪他们一杯接一杯地喝下去。喝到店家打烊时，柳成铭主动去吧台结账，再拥着已经五分薄醉的三位伙伴，踉踉跄跄地走向出租车招呼站。半路上不知是谁起的头，四人不约而同地唱起了《光辉岁月》。并肩而行的身影在他们头顶路灯的照映下逐渐拉长又变短，如此循环往复，一直延伸至脚下道路的尽头。

　　回到那间住了七年的出租屋时，已是第二天凌晨一点半。柳成铭随手把公文包往书桌上一扔，整个人就倒在了床上。几个小时后，一通来自芝加哥的越洋电话叫醒了他。柳成铭瞥了一眼屏幕上的来电显示，滑动接听按钮问道："鲍勃，找我什么事？"

　　鲍勃有些惊讶，"Lewis，你喝酒了？"

　　柳成铭打起精神回答："昨晚跟邱涵他们小酌了几杯，你放心好了，我没醉。"

　　"那我跟你说件事，你待会儿可以去工作邮箱下载文件查证。"

　　"没问题，你说。"

　　电话那头的声音越来越洪亮，所谓要事的雏形也愈发清晰，柳成铭的困意顷刻间荡然无存。微凉的晚风自窗棂缝隙吹拂进来，轻轻抚着他滚烫发红的脸颊。他睁大双眼紧盯着斑驳泛黄的天花板，在他无暇顾及的书桌上，那本不小心掉落的《美国陷阱》已经被晚风悄然翻开——"突然，我变成了一只野兽。我穿上了橘色的连体服，身体被链条锁住，手脚被戴上镣铐……我是一只被捆绑的野兽，也是一只掉进陷阱里的困兽。"[1]

---

[1]　节选自《美国陷阱》第一章《打击》，作者弗雷德里克·皮耶鲁齐、马修·阿伦。

七

"我这里有个特别赚钱的项目,小投资,大回报,兄弟们有没有兴趣了解一下?"

"什么项目啊?这么神乎其神?"

"以色列的'沙漠绿洲'项目,助力中东环保事业发展。资料在我主页,大家关注自取。"

"真的吗?我看看。"

"哟呵,这不是大洋彼岸流行的玩意儿嘛!靠谱吗?"

"当然靠谱了,我们是正规金融机构,纳斯达克上市的。欢迎进群查看投资案例。"

"行吧,扫这个码就能进?"

"对,您扫码进来,我们有金融专家为您答疑解惑。"

……

眼看评论区的楼层越来越高,柳成铭适时站出来以正视听:"大家千万别听信这些网络谣言,任何号称高回报高收益的理财产品，背后都隐藏着极高的风险。守住钱包，不要上当。"

鲍勃用 Whats App 告诉他："差不多了，Lewis，群里已经有 200 多人。"

柳成铭心下了然，拉黑了发布消息的"行者孙1990"，登录专门用来联络"韭菜"的工作号"孙行者"，静候鲍勃团队在微信群里提到自己。他敏锐地发现，头号"铁粉"王汉平也在群里，不过他没有自曝身份，而是装作与他素不相识。

"参与这个项目需要准备随时可以切换 IP 地址的软件，通过我们给的密钥进入外部局域网，在指定的系统里进行'绿洲世界币'交易，每累积一万点，'环保值'就能套现一次收益。目前的市场行情是 10 美元可兑换 1 个世界币，想入场的老板们可以提前入场了。"

"孙行者"当即公布自己的账户截图，上面赫然显示着 10 万美元的可提现收益。他向大家强调，自己是在 1 美元兑换 1 个世界币时入场的，如今收益已经翻了十倍。未来随着以色列农业技术的完善，世界币的价值只会上涨不会下跌。而且大家投入的资金都被基金会献给中东地区植树造林的环保事业了，这是"功在当代，利在千秋"的好事。

众人蠢蠢欲动，最后还是王汉平第一个站出来，决定用 5000 美元入场试水。鲍勃命团队助理手把手教他操作，又给他发去"孙行者"写的投资指南和项目介绍，请他静待投资结果。两周后，王汉平惊喜地发现，世界币的单价涨到了50美元一个，账户里的5000美元瞬间翻了五倍。他连忙冲到群里公布喜讯，还在观望的人群悔不当初，本着豪赌一把的心态陆续砸钱下场。由于大家使用的都是"孙行者"的邀请码，柳成铭的账户环保值很快累积到一万点。他顺利提取出200万美元，留下三分之二的世界币继续升值。把美元兑换成人民币以后，柳成铭第一时间给父母的还贷账户打去90万元，帮他们提前还清房贷。随后他又单独给妹妹柳婉莹的学费卡里汇入40万元零花钱，说既然即将升入大学，就不能再像高中时那样素面朝天，可以好好打扮自己，享受青春年华了。

柳婉莹十分好奇："哥，你哪儿来那么多钱？"

"你没看新闻吗？俺们被稻谷科技收购了，人家李总十分大方，给了好几个小目标呢！"

"真的啊？！哥，你们也太厉害了！怪不得今天那么多人上俺们家来喝酒。"

"估计是喝你的庆功酒吧？丫头，你选的哪所学校？什么专业呀？"

柳婉莹甜滋滋地回答："蓉锦的川华大学，新闻系。"

"新闻系？"柳成铭微微一愣，很快牵动嘴角，"挺好的，这是川华的王牌专业之一。"

"是啊！俺爸说新闻系将来就业面广，不管是进报社、电视台，还是进机关单位，都有俺的一席之地。爸妈还是希望俺毕业以后能回鹤川建设家乡,不然两个孩子都在外面打拼,他们老了难免无人照应。"

"没关系,你想留在哪里都行,哥给你安排好一切。"

"谢谢哥!俺先去厨房帮妈做饭了。"

"去吧,丫头。"

柳成铭挂断电话,拉开窗帘望着外面阴沉沉的天空。桀骜不驯的晚风自黄浦江面上持续吹来,搅动着山川河流、枯枝败叶和惴惴不安的人心,一副"黑云压城城欲摧"的架势。柳成铭却觉得这些危险背后藏着巨大的机遇,就像此刻穿云破雾的那束微光利剑般直插向昏昏沉沉的大地,企图唤醒还沉浸在恐惧和怀疑中的芸芸众生。他坚定地相信自己正做着一件无比正确的事情,不仅赚取了高额回报,更佐证了不搞实业也能身价上亿。曾经困住他的问题迎刃而解,他转目于身旁摆着前进姿势的变形金刚,在它身上看到了梦寐以求的答案。

世界币持续升值,不到半年柳成铭便赶超庄海潮,提前达成十年后的收入目标。为了掩盖自己炒币圈钱的行为,他以参加出版社组织的全国签售会为由,一年有半年的时间都在各大城市面见忠实读者。《千禧之约》和《我与母亲》也成为销量赶超《美国陷阱》的自传类畅销书。除非有重大决策需要讨论,或者稻谷科技的李总来公司考察项目进展,否则他基本不回淞浦参加任何会议,似乎一切都已经放心地交给以邱涵为首的决策层。

签售会开到西北金河时,王汉平自发去现场维持秩序,并以全国粉丝后援会会长的身份祝贺偶像。会面结束后,他找了一家五星级酒店请柳成铭吃正宗的西北菜。看着满桌的珍馐美馔,柳成铭故意调侃道:"汉平哥,你这是赚大钱了?请我到这么高级的地方吃饭。"

王汉平挠挠头,"没有没有,俺最近跟人炒股,赚了一点小钱。跟铭哥比起来,差远咯!"

柳成铭见他酱油色的皮肤上泛起一层淡淡的绯红,不由旁敲侧击道:"都说人逢喜事精神爽,看样子不是小钱啊!汉平哥最近肯定还有什么天大的喜事。"

王汉平"嘿"地一笑:"看来啥都瞒不过铭哥您。老实说,俺要结婚了,就在下个月的18号。婚房已经买好,彩礼也给了。晃荡大半辈子,俺终于等来了自己的正缘。"

"好啊!恭喜汉平哥!嫂子哪里人?多大年纪?"

"民勤的。她才21岁,长得可美嘞!就这样嫁给俺,俺还怕下半辈子委屈了她。"

"那你更要对嫂子好啊!来,汉平哥,祝你新婚快乐、早生贵子。"

王汉平赶紧举起酒杯和他相碰,口中不停说着"谢谢铭哥"。一杯酒下肚,他又跟柳成铭说起自己追求未婚妻安红的经历,还特别感谢他写过的文章成了自己装点学识的利器。

"您是我们的大媒人!安红正是听了俺讲的海外故事才嫁给俺

的。铭哥,俺敬您一杯。"

柳成铭仔细打量着眼前八面玲珑又略带谄媚的王汉平。虽然这是两人第一次见面,他却明显感觉到,这位41岁的中年男子和网上那个激进的、不讲道理的愤青完全不同。一定是财富用魔法洗去了他周身的霉味,再给他镀上一层金灿灿的光环,哪怕相隔百米,也能看见他由内而外散发出来的人格魅力。"果然钱是人的胆。"柳成铭这样想,陪他慢慢喝完了一瓶"西岭雪"干红。饭局结束后,他给王汉平转了2999元的礼金,意味着"爱意永久"。王汉平故作矜持地推说一番,最后勉为其难地收下偶像随赠的份子钱。他请酒店的专车送柳成铭去中川国际机场,直到车辆消失在拐角路口,才打车离去。

柳成铭回到淞浦没多久,初冬悄然降临。做完2019年最后一场作品签售会,柳成铭回公司给产品研发部门投入了1000万人民币的专项研发基金。邱涵对此有些不解,便告诉他李总帮忙解决了资金短缺的燃眉之急,现在他们不缺搭建智能生态链的钱。柳成铭却说:"这笔钱可以存着当备用金,万一生态链投入使用以后,需要改造升级呢?"

郭华啧啧称奇:"成铭啊!你一年版税到底多少钱?1000万说砸就砸,也忒大方了点。"

柳成铭知道他在开玩笑,于是也用相同的口吻回答:"既然是知名青年作家,那必然一字千金啦!这几年我写了50多万字的散文,你算算就知道我的版税有多少了。"

郭华随手从书架上拿起一本《千禧之约》递到他手中,"那你可得给我签个名,我要拿出去好好炫耀一番,顺便高价卖给有缘人。"

柳成铭把书递回去,"行了华子,别跟我闹啊。我还有事,得先走了。"正说着,他一边冲三人挥手告别,一边转身走向会议室大门。

唐晓波扬声喊道:"唉?成铭,你又要去哪儿啊?晚上一起吃个饭呗!"

"微博10周年庆典彩排,来不及了,你们吃吧!"

话音刚落,他的身影已经消失在电梯厅。剩下三人面面相觑,不约而同地露出一丝苦笑。

柳成铭乘车抵达彩排现场时,已是晚上七点三十分。他在工作人员的指引下核对颁奖典礼的走位顺序,以及当天的直播演讲内容。确认无误后,他找到了坐在嘉宾席等待上场的庄颖。

"Angela,好久不见。我在名单上看到你了,还以为你不方便过来彩排呢!"

庄颖冲他点头微笑,礼貌地邀他入座,"我跟辅导员请假了,昨天下午坐飞机来的,明天回去刚好能赶上星期三的专业课。"

"原来如此。"柳成铭想起她去年发过川华大学的录取通知书,于是把话题转移到柳婉莹身上,"我妹妹今年也考上了川大,她是新闻学院新闻系的大一新生。你前几年不是想认识她吗?正好你们成校友了,你又是她别院的学姐,我可以把她的微信名片推送给你。"

庄颖喜不自胜,"没问题!正好我前段时间刚成立粉丝后援会,需要一个新闻专业的学妹帮忙打理,如果她有空且愿意的话,我回去直接联系她。"

柳成铭赶紧跟妹妹打了声招呼,征得她同意后立刻把名片转发给庄颖。他随即问她为何没有直接出国念本科,庄颖回答:"我倒是想,不过既然考上川华大学理学院了,我妈妈又是化学系主任,那干脆留在国内念完本科,等将来读研的时候再出国也行。"

"你打算去哪里读研究生?"

庄颖毫不犹豫地说:"当然是大洋彼岸啦!如果有缘分,我还能去我妈妈念过的芝加哥大学就读,说不定我将来的研究生导师会是她的同门师姐妹呢!"

柳成铭微微愕然:"原来阿姨是芝加哥大学的高才生?"

"没错,我可羡慕她了,上个世纪90年代还能公费出国留学,不像我,三年后出国读研只能自费。虽然家里可以承担这些费用,但总没有'公费留学生'听起来名头响亮。"

柳成铭半是调侃,半是安慰道:"你呀!长得那么漂亮,家境又这么好,还凭自己的成绩考上了川华大学理学院,已经这么优秀了,要是再占个'公费留学生'的名额,指不定多少同学嫉妒呢!不如走自费留学的路子,既不受规则束缚,也能减少不必要的流言蜚语,你说对不对?"

庄颖扑哧一笑,"哥哥言之有理,我就不跟这些凡人争抢了,仙女自有仙女的活法。"

两人的嬉笑声很快被彩排现场的音响轰鸣声淹没。盛会散去,柳成铭独自打车来到淞浦市郊的一座欧式庄园外。这里原本是民国时期某国驻淞浦总领馆旧址,后来被一位海外华人斥巨资买下,改造成了私人住宅。门口魁梧的保镖似乎提前知道他来赴约,于是带领他绕过门厅左首,向西直插回廊,走到尽头再朝南一拐,转入一座僻壤幽静的院落。院中天井窄如一丝银线,月光就从这缕缝隙中泻下来,照在长满青苔的黑砖上,似潜伏于暗夜的灵猫突然睁开了那只幽冥独眼。两层高的小阁楼赫然显现,保镖替他推开房门后躬身退了出去。

"Lewis,你终于来了。"鲍勃听见脚步声,回头冲柳成铭微微一笑。

柳成铭很快诚恳致歉,用西式吻面礼和他打了个招呼。他环视一周,发现屋内电脑的显示屏上闪动着绿洲世界币的币值涨幅,不到三十秒就从600多美元涨到800美元。他猛身扑过去,像突然发作的瘾君子,死死盯着这些比毒品还要稀缺的电子海洛因。

"单价还会持续上涨。"

"涨多少?你有内部消息吗?"

"暂时没有。不过我可以保证,你现在投钱,未来三年内不会亏损。"

柳成铭迫不及待地说:"那你算算我手里的股权值多少钱?今年上半年稻谷科技刚成为我们的大股东。我把自己手里这部分抵押了,等我赚到钱,再向你们麦斯基金会赎回它。"

此时此刻,他心里似乎有几万只蚂蚁在同时爬动,生怕再慢一点,唾手可得的财富就会被时代洪流冲走。鲍勃从公文包里拿出提前准备好的"股权置换协议书",表示既然有稻谷科技背书,他的股权一定高于市值平均水平,只是鉴于他们的智能生态链技术还没上市,不能保证盈利状况,所以到期赎回的期限得短一些。柳成铭颔首不迭,拿起钢笔就准备签字。

鲍勃拦住他,"Lewis,你再看一下时间期限,是两年哦。"

"我知道,签吧。"

"好,写完你再摁个手印。"

"没问题。"

柳成铭依照指示完成所有步骤,随后拿着那份"魔鬼契约"走出了阁楼客厅。穹顶长霄渐暗,人间的明月终是"扑通"一声,掉进了深不见底的欲望里。

八

年关一过,一只壮硕的黑天鹅随之降临人间。它那双翅膀投下的荫翳是许多人至今无法忘怀的梦魇。互联网上关于它的谣言越来越多,有人说它是中国人乱吃野味的报应,也有人说它是大洋彼岸投放的生化武器,总之又一场与两国关系相关的论战围绕它持续展开。柳成铭被它困在淞浦无法回家。于是春节期间,他除了定时与父母、妹妹视频联络外,别的时间都用小号"行者孙1990"积极参与这场网络战役。

他极力维护对面的国家形象,不认为这只诡异的黑天鹅是所谓的生化武器,甚至还以它的生物技术为例,证明它没有合成人造黑天鹅的能力。如果有,中国也没有必要跟它在经济层面硬碰硬了。不出所料,大量网友涌入他的评论区指责他崇洋媚外,也有不少公共知识分子为他点赞,力挺他敢于说出真相。在堆积成山的留言里,有那么几条对他的真实身份表示怀疑,纷纷在转发区指出他就是柳成铭。

"别的不说,就说这副巧言令色的模样,简直跟那位柳大作家没有任何区别。"

"承认吧!2017年你帮过'春城之耻',今年你又想帮谁洗冤?给你点赞的公知吗?"

"怎么证明你不是柳成铭?IP地址?毕业院校?一张照片都没有的小号,谁信啊!"

……

他心里突然"咯噔"一下,趁质疑的人不多,赶紧把他们全部关进微博小黑屋。

这场论战一直持续到庚子年农历四月中旬,九省通衢之地重见天日,多方势力才勉强消停。智能生态链项目在稻谷科技的加持下全面升级,一经问世就赢得全国大部分消费者的喜爱,再加上那段时间的国家战略是"共建美好智慧城市",千禧科技迎上时代东风,又重新回到了公众视野。

可是柳成铭翘首以盼的四年一度的奥运盛会,却因为这只黑天鹅的降临推迟到2021年再择期举行。这是人类现代奥运史上少见的乌龙事件。习惯一旦被打破,就意味着不可控制的危险正在悄悄靠近,柳成铭盯着屏幕上的这条体育新闻,微不可闻地叹了口气。不过好在他账户里的绿洲世界币正在持续升值,想到这里,他又多囤了几箱应对黑天鹅的必备物资,冬眠一般躲回了自己住了八年的出租屋。

外面的世界斗转星移。这一年,他在朋友圈看到三位合伙人都成了父亲。王汉平也拥有了一个可爱的女儿,不幸的是,他的母亲也几乎在同一时期查出子宫癌。为了给母亲治病,已经失业的王汉平果断卖掉自己当初结婚时买的那套商品房,换来的金额全部投入绿洲世界币的虚拟市场,企图以小博大,赚取母亲的医药费和孩子的奶粉钱。柳成铭不知道他的妻子安红究竟经历了怎样的思想斗争,才同意丈夫王汉平的做法。只是那一瞬间,他忽然想起自己很小的时候,父母因为一点芝麻大小的事情爆发激烈争吵,当时的父亲也像这般刚愎自用,即便他人到中年幡然醒悟,也无法挽回他曾经树立的糟糕形象。

或许是动了恻隐之心,他打开自己与王汉平的对话框,主动关心他母亲的病情。

"阿姨做手术还差多少钱?"

"好几百万吧!俺爹说不治了,可那是俺娘,不管她,俺要被人戳脊梁骨。"

"已经花掉的钱走医保了吗?"

"报了,不够啊。"

"阿姨有工作吗?如果有的话,可以靠工会捐赠善款,缓解你们家的资金压力。"

"唉?有道理啊!俺娘还真有工作,俺这就找他们工会主席去!"

"好,你尽快去吧,拿上阿姨住院期间的病例单据,总之资料越详尽越好。"

听了偶像的点拨，王汉平不再把希望仅寄托于炒币赚钱，转而求助于母亲工作了三十多年的西酒集团。当然这个过程并不顺利，其间他与该公司拉扯了一年之久，东京奥运会都在2021年7月23日顺利开幕了，母亲的老板庄海潮却连一个具体的答复日期都没有给他。

王汉平盯着开幕式上满脸煞白的日本能面舞者，心里涌起一股无名怒火。

同样看到这一幕的还有电视机前的柳成铭。比起北京的庄重典雅，伦敦的机械朋克和里约的热情奔放，东京奥运会的开幕式令他百思不解，虽然他知道"能面文化"也是日系文化的组成部分。柳成铭打开微博，发现绝大多数网友都在吐槽这届奥运会开幕式的糟糕效果。他无比感慨，分享了记忆中每届奥运会带给自己的影响，并指出这届奥运会还没开始比赛就让他浑身刺挠。王汉平深有同感，来不及组织"转评赞"，就先冲到评论区随声附和。之前骂过柳成铭的黑粉见他终于说了"人话"，也放下有色眼镜，百分百认同他这次的观点。仿佛所有人都感觉到，熟悉的奥运会已经一去不复返，以和平、合作为主题的世界，也早在众人都没有察觉的时候，就开始闪展腾挪、移星换月。

柳成铭的生活也变得不再平静。自那之后，他遭受了长达半年的骚扰和威胁，总有人时不时往他租住的一居室门口塞些危险物品。邱涵建议他报警，他本着多一事不如少一事的原则，拜托他在宁港市的非热门景区帮自己租了一栋别墅，准备住过去躲一躲。深夜搬离淞浦时，他带了几身常穿的衣服和母亲送的变形金刚，犹豫片刻后又拿走了床头柜上的团队合照。只不过这一次，他没有擦去相框外面的灰尘，反而因为蹭了一手的灰，不得不将它包起来放进帆布口袋。

住到宁港以后，柳成铭内心依然难以平静。为了防止被人跟踪，他推迟了回鹤川与家人团聚的计划，转而继续留在宁港町住绿洲世界币的涨幅。虽然2022年2月底，欧洲爆发"俄乌冲突"，币值下跌，不过两周以后又持续上涨，甚至一度超过2019年的峰值。柳成铭喜不自胜，又追加了几百万美元做本金。

2022年6月，这只在天空中盘旋了整整两年的黑天鹅，终于振翅飞向穹顶深处。可没想到另一只更大的黑天鹅紧跟着俯冲直下，砸得所有人措手不及。一夜之间，绿洲世界币持续跳水三次，柳成铭立即提现止损，依然没能保住这些年凭运气赚来的大钱。他看着账户里仅剩的40万美元，浑身像被抽空一般，直接瘫倒在地。

"世界币跳水【爆】。"

"柳成铭小号【热】。"

"柳成铭恨国党【热】。"

"千禧科技抄袭【爆】。"

舆论在微博连续炸开。王汉平不顾自己也被骗一空的悲惨境遇，率领粉丝后援会的"腿毛"们冲到网络骂战前线，竭力维护柳成铭的口碑和声誉。邱涵、郭华和唐晓波也在第一时间刷到了微博热搜。他们点开网传为柳成铭小号的"行者孙1990"，发现该账号的注册时间刚好是2016年6月19日，也就是千禧科技成立四周年的日子。虽然微博内容已经被账号主人设为"仅半年可见"，但他们依然从网友们公布的截图里发现了可疑信息。

尤其是2020年3月这个时间节点，针对广为流传且与黑天鹅相关的网络谣言，该账号曾下场与澄清事实的网友们对骂。部分营销号还整理了绿洲世界币在中文互联网全面铺开的时间线，刚好能与这个账号的活跃时段对上。

更可怕的是，由于这十年来，千禧科技的营销策略一直深度捆绑柳成铭本人，借由他的名人效应扩大公司影响力。所以关于他的热搜刚空降至高位榜单，不少眼红他们转型成功的竞争对手立刻买水军抹黑千禧科技公司本体，鼓动一群义愤填膺的网友冲到官方微博评论区讨要说法。

"真没想到你们老板柳成铭竟然是个双面人。老实说，你们收了对面多少黑钱，要故意扰乱中国科技发展的节奏？"

"我就说你们以前的'太阳神'和'月亮神'看着很眼熟，原来是抄袭了我最爱的画师太太啊！请问你们还要脸吗？"

"稻谷科技怎么会投资二鬼子公司？我要是李军我马上撤资。"

"亲，这边建议您几位应'润'尽'润'呢！China不欢迎卖国贼。"

……

眼看舆论对他们越来越不利，柳成铭的大号和所谓的小号也没有任何动静，邱涵决定当面找他问个清楚。黄昏时分，他驱车来到当初替柳成铭租住的景区别墅，敲响了紧闭的房门。

柳成铭盯着显示屏纠结许久，终于视死如归般按下客厅的中控开关。

"你来了，有什么问题尽管问吧。"

"'行者孙1990'是你的小号吗？"

"是。"柳成铭顿了顿，"那些所谓'大逆不道'的话，也都是我说的。"

邱涵抱着最后一丝信任问道："你主动说的？还是收钱了？"

柳成铭摇摇头，用极小的声量回答："我知道你不信，但我没收任何钱。"

"没收任何钱？也就是说，那些观点其实都是你的心里话？"见他一直默不作声，邱涵凑上前揪起他的衣领，"炒作绿洲世界币又是怎么回事？你在帮境外资本洗钱吗？"

柳成铭十分错愕，"洗钱？我自己都亏得底裤也不剩了，洗什么钱？"他怒极反笑，"实话跟你说吧，我到现在都没反应过来究竟怎么回事，怎么一夜之间十几个亿全他妈没了！全他妈没了啊！你懂我这种感觉吗？"

邱涵浑身像被抽空一般，唯余满眼失望，"成铭，这是赌博啊！

你怎么会走上这条路……"

"走上这条路?"他喃喃自问,忽然像抓住了宿敌的把柄,后退一步指着邱涵的鼻子咆哮起来,"还不都是因为你!是你非要带领公司转型,我为了筹钱只能这么做。不然这些年的科研经费从哪儿来?都是我用绿洲世界币赚来的!你没资格瞧不起我,更没资格怪我!"

邱涵努力稳定思绪,强迫自己镇定道:"可我跟你说过,稻谷科技的李总已经投了我们,你不用再——"

他话音未落,柳成铭即刻抢白:"不用再给钱是吗?你可以给,我为什么不能给?"

"你?你竟然一直在跟我较劲?"邱涵深吸一口气,怅然地摇摇头,"成铭,你冷静一下,我不是来找你吵架的,而是希望和你一起解决问题。现在全网都是对千禧科技不利的言论,并且已经影响到李总的稻谷集团,我们必须尽快做危机公关,否则后果不堪设想。"

冗长的沉默横亘在两人之间,屋内静得可闻针落。直到一声翠鸟啁咋划破宁谧,柳成铭才哑着嗓子说:"你们与我切割吧。"他忽然想起什么,鼓足勇气对上邱涵的眼神,"哦对了,涵,有件事情我得告诉你。2019 年 12 月,参加完微博 10 周年庆典彩排,我就向麦斯基金会质押了两年到期赎回的公司股权,打算 all in 当时暴涨的世界币狠赚一笔。可是结果你也看到了,昨天晚上世界币突然跳水,我费了九牛二虎之力才勉强保住最后的40万美元。按照《置换协议》的约定,我那部分股权已经归芝加哥的麦斯基金会持有。不过好在我从来都不是大股东,你才是,所以不会影响公司的决策,更不会影响咱们的母公司稻谷集团。"

邱涵微不可闻地叹道:"事到如今……你还算坦诚。成铭,看在我们十多年朋友交情的分上,我也跟你说个自己的猜想。世界币刚跳水,你的小号就被网友扒出来了,然后在第一时间空降微博高位热搜榜单。这究竟是资方卸磨杀驴呢?还是所谓的巧合呢?你自己好好琢磨吧!咱们就此别过。"他看着低头沉默不语的旧友,极为克制地转身离开。

柳成铭听见脚步声越走越远,慌不择路地追上去。他的右手不小心碰到餐桌上的玻璃杯,只听"哐啷"一声传来,地上立刻铺满簇簇晶莹的残片。两人的目光在一片璀璨中交汇,似乎都想起了公布获奖喜讯那天,柳成铭的水杯也是以同样的方式提醒他们好事将近。

"这一次,我不会再帮你收拾残局了。"

邱涵抬脚走出房门,夕阳余晖早已隐没在浓重的夜色中。不知为何,小区的道路两旁没有亮灯,只任由月光斜穿松林照下来,披在他的肩头,又冰又凉。

当天晚上,千禧科技有限公司用官方微博发布了一则声明,称创业网红柳成铭已于2019年12月脱离公司管理层,其数年来发表的不当言论均不能代表公司立场，同时强调公司将针对已经造成的社会影响，保留对其起诉的权利。

舆论再次沸腾，一帮创业圈的八卦记者纷纷涌向柳成铭租住的景区别墅，打算独享这个新鲜的"人血馒头"。不少胆子比较大的，甚至在第二天早上用个人账号开启现场直播，满足网友们的吃瓜需求。

"颖儿，你在看什么呢？"

听见母亲刘晓慧问话，庄颖立刻把手机凑到她跟前，"妈妈您看，有人在成铭哥家门口直播，想看他什么时候从别墅里出来。"

刘晓慧端起美式咖啡感慨道："合伙人告他的事儿吧？我看到微博热搜了，真可惜一个大好青年啊！就这么白白葬送了自己的前程。"

庄颖十分不解，"妈妈觉得成铭哥哥做错了吗？我觉得他没有错，只是出于个人立场帮大洋彼岸的联邦政府说了几句话而已。为什么网友们总把他这样的人打成卖国贼呢？"

刘晓慧不答前话，只温柔地说："因为一部分人素质低下，除了扣帽子和贴标签之外什么也不会，另一部分人则是吃不到葡萄说葡萄酸。既然没有移民的经济实力，就只能迁怒于其他人了。"

就在母女俩相谈甚欢时，庄海潮一边接电话，一边往别墅一楼的餐厅走。刘晓慧立刻对女儿做出噤声的手势，直到丈夫挂断电话她才稍微松了口气。

"又是金河那位工会主席？"

九

庄海潮一脸不耐烦，"不是他还能是谁？也不知道他收了王勇和赵琴两口子多少好处，从前年到现在，一直帮他们奔走呼号，工会都捐过好几轮善款了，还非要我按照法律规定和他妈狗屁的人文关怀，给赵琴补贴一笔术后疗养费。她赵琴又不是替我种地才得子宫癌的，我凭什么负担这些玩意儿？"他坐下来给自己倒了一杯"西岭雪"干红，"反正绝对不能开这个口子，不然今后谁有个三病两痛的，我都得负责到底。集团八千多人，生意还做得下去吗？"

刘晓慧无奈地笑了笑，"这事儿的确不归你管，不过你要是一直拖着不给钱，恐怕这个刺头还会让你难堪。他去年不就带着一帮雇农集体闹罢工吗？还把电视台的新闻记者都请来围观。你忘记咱们花了多少钱，才勉强公关的？"

"怎么不记得？"庄海潮冷哼一声，满心不屑道，"也就是我们现在的营收状况大不如前，上面又积极帮扶工会，要他们发挥代表作用。搁上个世纪90年代，他区区一个工会主席也敢跟我叫板？分分钟让他'自愿下岗'。"

眼看丈夫举起酒杯一饮而尽,刘晓慧忙宽慰道:"既然你都知道,那就更不应该往枪口上撞。要我说,你干脆按照西北的最低工资标准和她在集团的工作年限,给个十几万得了。"

庄海潮摇摇头,以"今年葡萄收成不好,必须把钱花在刀刃上"为由,婉拒了妻子提出的解决方案。刘晓慧帮忙另想办法,列举了好几家同类型企业的帮扶案例,不过也都被庄海潮一一否决了。庄颖发现父母正在商量要事,于是默默关掉手机直播,一边享用精致的法式早餐,一边竖起耳朵仔细聆听。

老生常谈的内容和耳熟能详的旋律涌到耳畔,庄颖的注意力很快被餐桌上的八音魔盒吸引。她清楚地记得,这是2014年陪父亲去纽约参加中美企业家年会时,希尔顿酒店单独给自己准备的伴手礼。服务人员告诉她,一旦打开魔盒,轮盘上精致小巧的陶人就会随着《致爱丽丝》的旋律翩翩起舞,不到曲目播完,绝不定格谢幕。

"小姑娘,别动它,默默欣赏就好,不然它容易坏掉。"庄颖一直记得这份叮嘱,可她仍按捺不住强烈的好奇心,时常按下旁边的终止键让陶人强行停下,看这个娇弱的小家伙以各种奇怪的姿势,向自己这位观众献媚邀宠。

随着"啪嗒"一声传来,音乐戛然而止,陶人双膝跪地,变成了一位忠实且虔诚的信徒。

庄颖心满意足地笑了笑，仿佛神明布施恩泽一般，"爸爸，要我说您就随便给她几万块钱得了。这么多年工资照给，奖金照发，咱们家又没亏待过她，要是嫌少的话，别拿也行。"

刘晓慧微微愣住，很快又笑她人小鬼大、直言快语。庄海潮听见女儿主动为自己打气，也不禁笑逐颜开道："好！爸爸听你的，随便打发几万块钱，就当送个便宜包给他们。"

庄颖立刻歪头撒娇，甜润的声音似含着一口蜂蜜，"那爸爸什么时候给我买个值钱的包呢？反正我马上就要毕业了，您就当送我一份毕业礼物呗？"

"我已经往你那张中行贵宾卡里转了一笔零花钱，你去芝加哥以后想买多少就买多少。"

"去芝加哥买？"她看着满脸欣悦的父母，将信将疑道，"爸妈的意思是芝加哥大学同意了我的入学申请？从今年9月开始，我就是化工专业的硕士研究生了？！"

刘晓慧颔首回答："当然，校董会已经给了我肯定的答复。你的研究生导师凯琳·约瑟夫是我的博士同门师姐。她答应我要格外照顾你的学习，到时候你可要跟着老师好好学，争取拿下重要项目的参与权，为将来入籍做准备。"

"太好了妈妈！您简直是文曲星在世！"庄颖转头亲了亲刘晓慧的脸颊，"过两天您再给我挂个论文二作呗，我好拿着科研成果去申请全额奖学金。"

刘晓慧抬手在她翘挺的鼻尖上刮了刮，"好好好，谁让你是我亲生的呢？别说论文二作了，一作妈妈都让给你。"她忽然想起什么，半开玩笑半认真地说："唉对了，毕业典礼的发言稿你背熟了吗？待会儿上台演讲，可别怯场哦！"

"您放一万个心，我可是'四川省优秀毕业生'，这点小事还能难倒我不成？"她脸上骄傲的神情一如九天之上的清辉，直投进庄海潮夫妻俩慈爱的星眸里。

庄海潮与刘晓慧爱极了这个貌美如花又乖巧听话的女儿，从她呱呱坠地那刻起，便忙不迭把世间最好的东西都捧到她面前，吃穿用度也均是精挑细选的奢侈品。抚养过程中，夫妻俩除了关注她的学习成绩之外，还格外看重兴趣爱好的培养。琴棋书画、诗词歌赋，只要是她喜欢的项目，就花重金聘请名师单独教学。正因为才貌双绝，所以不管走到哪里，她都是人群中的耀眼明星。庄颖也十分享受众星捧月的感觉，每当她站在舞台上睥睨眼底五彩斑斓的衣裙和攒动的黑色萝卜头，一股难以言喻的心潮总会在激烈的掌声中不断喷涌而出，直到汇集成一片浩瀚无垠的汪洋，居高临下地悬在她头顶。似乎从未有人看见，一场关乎自我的海啸即将席卷而来。他们只会满面堆笑地为她鼓掌，把她奉为堕入凡尘的天使。无论是网上那些忠实粉丝，还是此刻站在太阳底下听她演讲的同届毕业生。

"同学们，让我们再次感谢四年来母校的悉心培养，以及恩师们的谆谆教诲。'此去提衡霄汉上，鹏抟鲲运更论程'[1]，无论将来身在何处，谨祝大家都能发光发热，活出属于自己的精彩人生！我的演讲到此结束，谢谢大家！"

"毕业快乐！"

"毕业快乐！"

……

台下校友的应和声如同山呼海啸，主持人示意中控台播放周深版《起风了》的伴奏，毕业生们立刻跟随音乐集体合唱，主动推起了更为汹涌澎湃的声浪。庄颖向众人深鞠一躬，足足站了半分钟才踏着铺满鲜花的红毯，伴着同学们的欢呼与歌声走回班级方阵。

新闻学院的大三学生负责本次毕业典礼的摄影和报道工作，柳婉莹看着不远处意气风发的学姐，拿起相机准备给她拍摄一张特写照片。镜头里的庄颖与两人邂逅时一模一样：鹅蛋脸，樱桃嘴，弯月眉，宝石般闪耀灵动的双眸，一根瘦长的琼瑶鼻擎着饱满宽阔的玉额。她的鼻梁左侧静卧着一颗若隐若现的朱砂痣，犹如天神之手在丝缎般的肌肤上画龙点睛。

多像一尊真人芭比。

这是柳婉莹对庄颖的第一印象。随着彼此的了解不断加深，

---

[1] 出自北宋诗人陈造的《贺二石登科》，原诗为：捷音西下亟萤星，二隽辞锋旧莫京。桂树前宵减清影，棣华同日擅香名。谢家兰玉真门户，苏氏文章亦弟兄。此去提衡霄汉上，鹏抟鲲运更论程。

她愈发觉得这位学姐表里如一：尽管已经二十二岁了，却因为家教严格不曾谈过一次恋爱，每个周末回家还要拿出满墙柜的芭比娃娃逐一梳洗打扮。而她自己也像那些被她精心装扮的玩偶一样，永远粉面含春、光彩照人，永远待在水晶橱柜里，令人可望而不可即。

柳婉莹很早就发现，她们之间有一道透明的玻璃幕墙，就算对方近在咫尺，也不能真正贴近彼此的生活。不过她并没有因此消沉沮丧，反而不卑不亢地做好她全国粉丝后援会会长的工作，陪她一起经历网上的风风雨雨，也帮助她化解了多次形象危机。这些处理网络舆情的宝贵经验，如今都成了柳婉莹备考电视台事业编制的优势。

从这个角度来说，她十分感激庄颖。

镜头扫过来时，庄颖也恰好看见了二号机位旁的柳婉莹。她立刻面向镜头，冲她露出一抹温柔的微笑。柳婉莹则报以灿烂的笑容，按下了相机快门键。

"让我看看你刚才拍的照片。"典礼一结束，庄颖就撇开献花的人群，疾步向柳婉莹奔去。

柳婉莹赶紧侧身点亮相机屏幕，"怎么样，学姐还满意吗？"

"果然'婉莹一出手，就知有没有'。待会儿你把它发给我留作纪念。"

"没问题。"柳婉莹点头应和，随后转移话题，"对了学姐，我想辞去粉丝后援会会长的职务,因为我打算从今年暑假开始备考老家的公务员,接下来都没有时间组织活动和监控舆情了。你看要不要提前找个人接替我的位置?"

她的语气不疾不徐,庄颖听完当即表示理解,"那我在副会长里挑一个接班吧!你有推荐的人选吗?这几年我只信任你,自然也相信你欣赏的人。"

"'佛手柑'吧。每次组织粉丝线下应援,他都是既出钱又出力的那个,不仅态度十分积极,任务也总能保质保量地完成。学姐可以找他谈谈,说不定他愿意帮你做好粉丝运营。"

"好,那我抽空问问他的想法。"她环视一周,趁同学们都在跟各自的老师合影,忙拉着柳婉莹的手走到树荫底下,悄声问道:"你还好吗?我看你眼下挂着两团乌青,昨天晚上多半是整宿没睡吧?你别太担心,成铭哥哥是百万级别的元老博主,十多年来经历了不少大风大浪,想必这一次也能顺利闯关。"

柳婉莹先是一愣,旋即欣慰地笑开:"多谢学姐,我没事,主要是父母更担心哥哥。昨晚我忙着宽慰二老,确实没休息好,要不我回出租屋歇会儿?晚上再把照片发给学姐。"

庄颖颔首不迭:"好,反正毕业典礼已经结束了,你快回去吧!"

庄颖目送柳婉莹转身离开,柳婉莹修长却不纤弱的背影如同一叶扁舟消失于茫茫人海。庄颖不由自主地想起两人初见的画面——当时也是在操场上,少女柳婉莹穿着一袭白色连衣裙,踩着黑色小皮鞋,向她边跑边挥手。庄颖迎上去仔细端详面前这张俏脸,发现她和她的哥哥虽然有着相似的眉眼,神态却迥然不同:一个似沸腾的岩浆充满侵蚀的热望,一个像静潭秋水总回荡着温柔的余波。或许是一母同胞的缘故,与他们相处那三年,庄颖总时不时察觉到柳婉莹平静心湖下潜藏的磅礴暗涌,以及柳成铭眸底那滚烫却总能急速冷却的眼神。

她拿出手机看了一眼仍然挂在高位榜单上的热搜词条,微不可闻地叹了口气。

对他们兄妹而言,这场风波过后是甘愿"零落成泥碾作尘",还是借此机会"扶摇直上九万里"呢?

庄颖不知道。

柳婉莹也不知道。她把自己锁在房间里,手不停滑动着屏幕上面的通话记录。已经过去半个小时了,父亲和哥哥的号码仍在通话中。十分钟前,她又连续打给母亲三次,可每次都毫无意外地被挂断。她心烦意乱,索性走到窗户旁边,想借由天际温暖的阳光驱散头顶那些阴霾,谁知她看见的天空竟是一片惨白如死的青灰色。

三年了,柳婉莹一直觉得蓉锦与鹤川的干冷不同,空气中湿漉漉的水汽好似被山猫舔过的粉色鼻尖,在人脸上来来回回地轻蹭,说不上恶心难受,但绝非心甘情愿接受它的示好。

"下面来看天气情况。据中央气象台消息,副热带高压退居菲律宾以东洋面,未来两天我国四川盆地大部、河南中南部、安徽南部、浙江中北部将迎来大到暴雨,请上述地区注意防范雷电灾害与城市内涝⋯⋯"

柳婉莹循声望向东墙的壁挂电视机,果然看见《天气简讯》栏目组在电子地图上标注了一条蓝色雨带,其中钱塘与宁港等城市都笼罩在一片蓝得发紫的阴影里。

她不由自主地攥紧手机,叹道:"哥哥,要变天了,你回家吗?"

十

一切又向他压来。

仿佛此刻挂在磴礍重云里的水汽，灰蒙蒙、湿漉漉地盖在他头顶。柳成铭不想戴着这顶比鳗鱼还要软塌的帽子，可高高在上的天空还是把所有烦恼都扣给了他——

砸碎相框以后，别墅外面忽然静得可闻针落，十几双眼睛不约而同地盯紧着二楼卧室厚重的窗帘，期望这个处在风暴中心的年轻渔夫能露出那张俊美无俦但已毫无生机的脸庞。不过他们很快就大失所望，柳成铭起身走到窗边，从窗帘缝隙里瞥了他们一眼，随后就用商务电话通知景区物业中心，以干扰防疫工作为由，干脆利落地撵走了这帮嗜血如命的人形蝙蝠。

直到确定四周无人蹲守，柳成铭才缓缓拉开窗帘。之前还能瞅见的朝阳逐渐没入云层深处，晦暗的天色接踵而至，父母的电话也在开机那刻持续不断地拨来。他看着屏幕上的来电显示，握紧微微发烫的手机陷入沉思，直到手指被它震到酸麻，才挣命似的长提一口气,摁下了绿色接听键。

"成铭啊,你可算接电话了!跟踪你的人都走了吗?他们没伤害你吧?"

电话那头的张艳萍分外焦急,声音还带着哭号过后的嘶哑,像被狂风撕碎成齑粉的旌旗,尽数抖落在柳成铭的眉间心上。

他默默攥紧左侧的窗帘,把头别向了身后那片荫翳,"俺没事,妈,您别担心。"

"没事就好,没事就好!"张艳萍才高兴了几秒钟,不祥的预感又自心底翻涌而上,"儿啊,邱涵他们真打算告你吗?要不……要不你把他请到俺们鹤川来,妈给他做窝窝头和铁锅炖大鹅,你们坐下来边吃边聊,互相给个台阶下……没有什么是一顿饭解决不了的。"

听见那个与自己共同奋斗数十年的名字时,柳成铭如同承受了一阵霹雳侵袭,牙冠隐隐打战,浑身上下的筋骨和肌肉亦不受控制地瑟瑟发抖。若是从前,他一定愿意请他去鹤川看看那座人去楼空的家属大院,踩着一尺深的落叶去密林深处抓狍子,顺便挖些野山菌回村头炖汤喝。可是现在,他已经彻底失去那段珍贵的友谊,正如他炒币三年,最终却只能眼睁睁看着财富人间蒸发一样。命运毫不留情地扇了他两巴掌,如果再低三下四地求它放过自己,那他柳成铭就真的成了不折不扣的乞丐。廉者不受嗟来之食,他自然也不需要别人施舍的善意和谅解,哪怕是"预备施舍"的。

于是，他坚决道："不用了妈，俺已经跟邱涵他们绝交了，就算千禧科技真决定追究俺的法律责任，俺也有办法和手段应对。"

"应对？你怎么应对啊？俺看那网上说什么的都有。儿啊，你跟俺们说句实在话，你是不是真的……真的收钱办事了？"

柳兴国也在电话那头沉声追述道："成铭，如果你真做了，那该接受什么惩罚，就接受什么惩罚。男子汉大丈夫，要敢作敢当，不能逃避自己身上的责任。"

柳成铭慢慢松开紧攥窗帘的左手，转头俯视着楼下那两排苍翠欲滴的梧桐树。晨风轻轻拨弄它茂密的树冠，男孩和女孩的欢笑声从树荫底下长出来，顺着沉默的枝丫攀缘至他的窗前。在他尚未察觉时，他的双唇已经变成了枝丫上最为艳丽也最为恶毒的花朵，"我只能跟你们说，抄袭设计师的画稿是对手买的黑热搜。"

他的言下之意昭然若揭，柳兴国当即喷出一阵犀利暴烈的怒骂："好……好啊！没想到我柳兴国自认清白一生，忠于党和人民，却生出你这个数典忘祖的小汉奸。你现在最好去公安局自首，把你的犯罪事实一五一十地交代清楚！不然我马上和你断绝父子关系！"

"你说什么风凉话呢？！"张艳萍立刻夺回手机宽慰道："儿啊，别听你爸胡咧咧。俺记得稻谷科技的李总不是一直很欣赏你吗？要不你请他帮忙说和说和？邱涵他不看僧面总得看佛面吧，万一事情就成了呢？"

"看什么佛面?你看看新闻吧!稻谷科技早就跟他撇清关系了,看什么都没用。"

"柳兴国,这是你的亲生儿子!你就这样不管不问?"

"俺想管想问的时候,你放过手中的大权吗?哪次不是拿他当借口揶揄俺不思进取?"

"你要这么说,那咱就好好掰扯掰扯,省得你总认为俺手眼通天!"

……

电话还未挂断,夫妻俩便争吵起来,甩出来的每一个字都像飞驰的箭镞,裹挟着周围时空一齐飞回了2006年的6月——填报分科志愿那天,柳兴国与张艳萍也是这样争吵不休,从不肯停下来过问柳成铭的意见。没想到十六年过去了,曾经急于摆脱的梦魇再度悄然浮现,他彻底明白,所谓与原生家庭和解到头来不过是大梦一场。一个人得意时连对手都敬他三分,可一旦跌入谷底,必然谁都能把他的尊严踩在脚底随意践踏,包括至亲至爱之人。

他的信仰寂然湮灭,恰似一捧清水消失于静淌的溪流。

柳成铭挂断电话,目不转睛地盯着刚才那对兄妹。他们说着他勉强能听懂的宁港方言,手牵手走向小区另一头的别墅。厚重的乌云跟在他们身后越追越近,近到已经趴在了梧桐树顶,仿佛下一秒就能跌入大地的怀抱,肆意抛洒出积蓄已久的片片珠泪。

"阿哥,天气伐对了。阿拉屋里去!"

"好哪！好哪！阿拉屋里吃汤团！"

走吧！快点走，再不走就来不及了。

柳成铭默默为他们祈祷，时间却不肯就此停驻，反而任由狂风卷来，暴雨拍打在孩童稚嫩的脸上。他浑身滚烫，连眼泪都变成了窗外沸腾的雨珠。细密的水线沿着长江溯流而上，一刻不停地飞到蓉锦平原，柳婉莹也同样站在窗前紧盯着黝黑发亮的天空。她不愿承认却不得不接受的答案，正如挂在水线上的银针劈头盖脸地向她扑来，完好无损的肌肤底下遍布着不可见的鲜血淋漓。她知道自己已不用再向哥哥求证什么，即便浑身痛入骨髓，依旧关上了那扇破碎的心门。

这场雨一直下到第三天早上才彻底停歇，原本处在酝酿中的台风胚胎因为副热带高压西升北抬，不得不胎死腹中。盛夏炽烈的阳光横扫南方地区数月以来的阴霾，打开了漫长又煎熬的炙烤模式。庄颖却感受不到窗外的温度，因为不管逛街吃饭还是回家休息，自带净化系统的空调总能为她送来清新舒爽的凉意，只有7月15日早晨收到芝加哥大学的确认邮件时，她的心情才和空气中的热浪融为一体。

虽然她早就从母亲口中得知了内部消息，从小到大也去过大洋彼岸数十次，可见到白纸黑字的签名扫描件时，依旧心潮澎湃。她甚至想马上买张机票飞往芝加哥，提前感受一下那里香甜的空气和繁华热闹的都市氛围。可她还得再等一等，等她办完本科毕业手续，拿到留学签证，租好舒适豪华的套间公寓，才能像朝圣一般去到那片流淌着奶与蜜的应许之地。于是她迫使自己按捺住激动的心情，用平静且温柔的语气把这个好消息告诉父母。庄海潮立即往她那张贵宾卡里转了一笔升学奖励金，并叮嘱她去芝加哥以后只能住在最安全的社区，不能随意搬家，生活中也要谨慎交友，别碰违禁药品。刘晓慧则凑过来交代了论文署名的细节，并把最新的科研成果拿给她看，要她记牢数据以便向凯琳导师汇报。

庄颖照单全收，转头就去会员商场里买了一堆宠粉礼品。

"终于尘埃落定啦！感谢大家长久以来的陪伴，为了庆祝我成功升学，我将在这条微博评论区抽取 10 位'转评赞'的金钻粉丝，一人送一只 Gucci 手提包。另外再抽取 20 位关注并点赞的新朋友，每人一套海蓝之谜全系列护肤品，外加一部最新款 iPhone 手机。如果不要实物奖品，也可以选择等价折现，税费自理。活动时间截至 7 月 31 日 20 点，欢迎大家踊跃参与。"

编辑完微博内容，庄颖配上确认邮件的截图和堆积成山的礼品照片，并在正文末尾@自己的全国粉丝后援会官方账号。经柳婉莹推荐上岗的新会长"佛手柑"，立刻在群里吆喝大家转发领福利。或许是已经工作多年的缘故，他的组织与执行能力远超大学刚毕业的几位副会长。庄颖庆幸自己重新找到一位值得信赖的助手，于是逐渐放开手中的权力，把国内一切群组运营的琐事都交给他打理。

公布中奖名单那天,"佛手柑"发现那条抽奖微博的"转评赞"已经超过一百万,于是他建议庄颖在酒店开一间总统套房当临时工作室,再叫上自己跟其他几位副会长,一起给观众们直播展示后台的抽奖过程,顺便为8月下旬的"廿二生日会"做前期预热。庄颖立即点头同意,准备迎接自己人生中的首个"百万粉丝"。

"我们先抽第一位吧!Angela,你来喊'停'。"

"好,让它多转一会儿……五、四、三、二、一,停!"

时间忽而定格,月轮碾着千家万户的瓦片冉冉升起,金河市人民医院住院部22床的心电监护仪上所有波形也跟着成了一条直线。

王汉平看着那根刺眼的横线,如同脊梁被人拦腰打断,突然往前扑倒在地。他抓起母亲那只余温尚存且布满针眼的右手,轻轻贴在了自己脸上。他知道这只手再也不会拿起随机出现的道具往自己身上招呼了,更不会把面团扯成毛线粗细的长条,放进滚烫的牛骨高汤里变成一碗热气腾腾的金河牛肉面了。他知道,所有关于母亲的爱也好,恨也罢,都会随着时间逐渐冷却、凝固,最后化作扬沙。可是在那些回忆湮灭之前,他仍想把那张爬满皱纹的脸刻进心底,再凿一把鲁班锁扣紧心门,不让岁月神偷靠近分毫。

不过想归想,他做不到。

父亲王勇的一巴掌将他打回了现实,他这才发现周围还有妻子安红和女儿王悠悠,以及代表西酒集团前来慰问的工会主席。他也姓赵,所以私底下总让王汉平叫他舅舅。这位年过半百的大舅哥看到王勇大发雷霆，以为是他的丧妻之痛过于锥心刺骨，连忙将他拉到医院走廊上细心宽慰。还在蹒跚学步的王悠悠不懂什么是死亡，只睁着那双圆溜溜的大眼睛，盯住奶奶酷似沉睡的面容。

可是安红知道，"死亡"既代表肉体的陨灭，也意味着那颗心变成了任何工具也无法将其修复的碎片。所谓哀莫大于心死，正是她此刻唯一的感受，她哭得格外伤心，仿佛同时也在哭自己错付的三年青春。趁周围没有外人，她刮了刮下颌角的泪珠，决然道："送完妈最后一程，咱们就离婚吧。悠悠归我，钱我不要，债也不担，王汉平，你好自为之。"说完她立刻拉起女儿的手，掩面走出了那间沉闷的病房。

几位年轻的值班护士很快进来为赵琴整理遗容。她们发现王汉平依旧跪在床前不肯离去，便以必须尊重逝者为由，连拖带拽地请走了他。他只好来到外面走廊，靠着冰凉刺骨的椅背坐下去，月光照着他黝黑的脖颈和油腻发酸的穰发，那颗外壁完好无瑕内里却早已腐烂的头颅就这么堆在肩胛骨上，只等某个顽皮无知的孩童轻轻一推，便能连血带肉地滚落在地。

"汉平，这是俺向集团要来的五万块钱和俺们家一点心意，一共九万七。你拿着，给俺琴妹子办个体面的葬礼。还缺什么尽管开口，都是一家人，不用难为情。"

浮于天际的声音缓缓落到耳畔，王汉平抬起头，看着一脸哀戚的舅舅，默默收下了一沓用黑色牛皮纸包住的钞票，仿佛一块黑砖。舅舅轻拍他的肩膀,又看了看走廊尽头面如死灰的王勇和安红,道了声"节哀珍重",便转身离去。

他的脚步声消失在电梯门口,灯光也随之黯淡下来。不知过了多久,死寂的空气中忽然炸开一声巨响,王汉平抱着那块沉重的"黑砖",跪在地上,失声恸哭。

十一

庄海潮第一时间收到消息,建议董事会授予赵琴"西酒之星"荣誉称号,并给王勇的退休金账户上打去8万元人民币,作为集团员工兼家属的丧偶抚恤金。赵琴下葬前一天,庄海潮还派集团西北地区的工会主席去殡仪馆致哀吊唁。中午听完工会主席打来的汇报电话,庄海潮诚恳且哀痛地说:"老赵,你让王勇放心,今后生活上有困难直接来找我。赵琴同志是咱们西酒集团的劳动模范啊!我们怎么可能对她的家属不管不问呢?"

"什么?她一岁的孙女?有爹有妈的,不能养吗?"

"你别提王汉平,四十好几了,没个正经工作,啃老啃到这份上,扶贫干部都没辙。"

"反正我只管自己的员工,他王汉平跟我半毛钱关系都没有,我一个子儿也不给!"

"我说老赵啊!你能不能摆正自己的位置,你是工会主席,不是慈善机构负责人。"

......

庄海潮绕着茶几来回踱步,态度愈发不耐烦。一旁整理资料的庄颖也嫌父亲聒噪,于是拿起遥控器调高新闻节目的音量,迫使庄海潮夹起手机走向一楼南侧的茶牌室。两层楼高的会客厅再次变得安静下来,除了中央空调传出的微弱风声和沙沙作响的翻书声,就只剩电视里外交部发言人面对记者提问时,给出的掷地有声的回答——

"众所周知,某些国家的众议院议长于8月2日窜访我国台湾地区并发表不当言论,其行为已经严重干涉我国内政。即日起,中国政府将取消安排两国战区领导通话,取消两国国防部会晤……暂停两国非法移民遣返合作……暂停两国禁毒合作……"

毫无意识地,庄颖抬起了头,像八音魔盒里的小陶人突然从底座弹起来,直勾勾地盯着屏幕上神情庄穆的司长。她的双眼亦如镶嵌在陶人脸上的玻璃珠,照映出现场唇齿交锋时挥动的刀光与剑影。她足足迟疑了三分钟,仍未把清澈的瞳仁变成两汪活泉,同时涌出那些畅快淋漓与愤懑不平。似乎只要外交场合的唇枪舌剑不如她想象中锋利,或者没有变成一把尖锐的楔子钉入她的大脑,她那双空如雪洞的眸子将永远亮晶晶、冷冰冰。

"中央气象台发布高温红色预警。未来十五天,我市将迎来大范围高温天气,局部地区白天最高气温或突破40摄氏度,请广大市民注意防暑降温,避免长时间户外作业……"

熟悉的背景音乐摇醒了神游天外的庄颖。她吩咐"稻谷精灵小禾"关闭电视机,随后把整理完毕的签证资料装进行李箱,戴上新款墨镜来到别墅地下一层的车库。司机刘叔载着她前往蓉锦市郊的巴蜀国际机场,她将搭乘今天傍晚飞往江口的航班,去当地的总领事馆办理留学签证手续。

靠在后排椅背上闭目养神时,庄颖不由自主地想起 2020 年 7 月 24 日对岸驻蓉锦总领事馆闭馆当天,她在微博上发表了一段遗憾两国关系恶化的言论,不过由于她对国际政治缺乏基本认知,博文内容很快被专业人士逐字逐句地批驳。大量网友闻风涌入评论区,一部分人推测她收钱替大洋彼岸狡辩,另一部分人则给她列举了对方间谍以蓉锦为锚点,在西南地区干过的那些"好事",包括但不限于窃取机密、文化渗透、倒卖资源、破坏市场环境等等。

庄颖觉得不可思议,跟网友们理论了半天,最后还是在柳婉莹的建议下,出具了一份"致歉声明"低头认错。虽然化解了舆论危机,不过时至今日,依旧有人揪着这段黑历史不放。再加上她平时跟柳成铭关系不错,于是这段时间,那些黑粉又给她戴上"公知反贼"的帽子,扰得她烦不胜烦。不过她转念一想,只要去了芝加哥,就能立刻获得心灵解放,轻而易举地取得学业成就,赢得令人艳羡的无上荣耀。于是她又原谅了他们,毕竟对那些整日低头劳作的牛马来说,怎么懂得"人生易如反掌"的幸福感受呢?

"Angela 小姐,咱们到机场了。"

庄颖睁开双眼冲刘叔微微点头。她下车走到航站楼门口，从他手中接过行李箱，转身奔赴下一段求学旅程的起点。

等待签证结果那段时间，庄颖利用VPN技术连接外网，注册了北美地区最受欢迎的社交软件"脸书"的账号，并在简介里标明自己的学历身份。她一边分享生活美照，一边发帖寻找芝加哥大学即将入学的同届研究生。此举很快吸引了大量不同肤色和国籍的海外关注者，一些人甚至直接私信庄颖疯狂求爱，差点吓哭从来没有恋爱经验的她。

不过在另一些相对正常的示好者中，有一个人引起了庄颖的浓厚兴趣。在看清对方的昵称之前，她先看见了主页动态里的那双手：它们修长纤细，骨节分明，指甲亦光滑似珍珠轮叶，翻过来掌心朝上，像摊开了两张细腻丝滑的绒缎。她以为这是一双女人的手，没想到它主人的昵称竟是"迈克尔·杰斐逊"，账号内容也全是关于简约但时髦的男性生活方式。于是她利用逻辑反推，得出这位迈克尔多半跟自己一样家底殷实，从小养尊处优。

她毫不犹豫地点击"Follow"图标，与他互相关注。

迈克尔第一时间发来致谢私信，并期待和她成为现实中的好朋友。庄颖好奇地问他究竟是男是女，为何主页没有露脸照片，只有中东的人文和自然风景。迈克尔先回了一个可爱的表情包，再告诉她自己是男生，不拍露脸照片是因为做公益时无暇顾及自身造型，于是干脆把镜头对准当地居民和他们世代生息的绿洲小镇。

"这些景物比我本人更漂亮。"

"真的吗？你大概太谦虚了。"

"如果你不信的话，不如在咱们芝加哥大学的新生联谊会上跟我见一面？我也是今年 9 月份入学的硕士研究生，主修国际法专业。"

"好啊，我期待一睹你的庐山真面目。"

迈克尔接着把话题转向海外公益，分享了世界各地截然不同的风土人情，还与庄颖深入探讨公益项目对消除极端贫困的积极意义，尤其是中东与非洲的儿童贫困。在他的铺垫与引导下，庄颖也主动打开话匣，讲述了自己多年来在东南亚做国际义工的经验和感悟。两人越聊越投机，互相交换了 WhatsApp 的联系方式，约定每隔三天打一次电话。

"I'm looking forward to hearing your voice, my adventurous little princess."

庄颖反复收听这段仅有 10 秒的语音，思绪也像窗外枝头盛放的合欢花，迎着夏夜晚风恣意飞舞。从他的身材样貌，到将来的见面时刻，再到彼此间排山倒海的情愫，仅仅白驹过隙的瞬间，她已勾勒出"金风玉露一相逢，便胜却人间无数"的美景。

后续半月的语音交流更加让她确信，这个素未谋面的迈克尔正是她梦想中"渴望成为的自己"。她也想跟他一样做些惊险刺激的事情，比如悬崖蹦极、高空跳伞、沙漠徒步、深海潜行……她急欲体验灵魂和肉体同时撞破规则、释放能量的瞬间,炽热的岩浆定会销蚀陈旧腐朽的桎梏,涤净以往被束缚的一切。

刘晓慧率先察觉到女儿的微妙变化。于是在女儿恋恋不舍地关掉手机准备下楼吃饭时,她带着几分调侃的意味问道:"这段时间,你每天跟哪个小伙子聊天呢?脸红成这样。"

庄颖不自觉地摸了摸自己发烫的脸颊,"一个普通朋友而已,妈妈您别多想。"

"普通朋友?普通朋友值得你天天抱着手机傻乐?快跟妈妈说说,是不是有喜欢的人了?你放心,这次我和爸爸决不会批评你,阻拦你,我们只是想替你把把关,免得你被人骗。"

庄颖深觉不可思议,"真的?你们同意我谈恋爱了?"

刘晓慧笃定地点点头,"当然同意,只要你找个门当户对的。"

庄颖喜出望外,立刻把迈克尔的个人经历和家庭背景全部告诉母亲,尤其提到他为解决儿童贫困做出的贡献时,眼底攒动的倾慕与敬服不经意间悉数流泻出来。刘晓慧看着这些比黄金更为闪耀的少女情思,欣慰地点了点头,"就目前而言,这是个不错的小伙子。"她拥着她的肩膀走向在餐厅看报纸的丈夫庄海潮,"既然他的父亲是麦斯基金会的创始人,母亲是驴党的外交参赞,哥哥又是芝加哥达菲科技的CEO,那他自己呢?将来打算做什么?"

"他说他想做一名律师,去国际法院上班。"

庄海潮心领神会,"我找当地的朋友核实一下情况,如果他没骗你,那就和他多多接触。"

庄颖立刻扑上去搂住父亲的肩膀,"看来爸爸特别满意咱们家未来的女婿?"

"大姑娘不害臊,你们还没确立关系呢!他就成我未来的女婿了?"

"万一呢?万一我们是郎才女貌、天造地设的一对,恐怕您高兴都还来不及呢!"

"那爸爸跟你打个赌。如果你俩真成了,爸爸送你一套美式大House当嫁妆;要是不成的话,你自己挣钱在芝加哥买车买房。怎么样?你敢不敢赌?"

庄颖仰起修长的脖颈,仿佛一只骄傲的白天鹅,"我当然敢,而且愿赌服输!"

刘晓慧在一旁适时帮腔,"乖乖,妈妈希望你一直赢下去,到时候学业爱情双丰收,我和你爸爸也能跟着沾光享福。"

庄颖吻了吻她的脸颊,"那就借妈妈吉言啦!"

……

一家人又互相开了几句玩笑,便坐下来共进晚餐。桌上摆的不过是些寻常菜式,庄颖却觉得它们比满汉全席的廷臣宴还要好吃。她夹起最爱的糖醋藕盒轻咬一口,味蕾跃动的酸甜仿佛是提前尝到的爱情滋味——她不是没有过这样的心动时刻。刚上大一那会儿,庄颖在理学院的新生联谊会上与某位大二学长一见钟情。刘晓慧闻风而动，趁两人还没确立关系，便主动出击掐灭爱情的火苗。庄海潮更是直接泼来一盆冷水，直言对方家庭条件太差，如果非要成为男女朋友并走入婚姻殿堂，将来她的生活质量一定会断崖式下跌。

庄颖不信，赌气剪断了父母赠予的所有信用卡副卡，下定决心自己挣钱自己花。可是网红赛道的竞争向来十分激烈，尤其她富家千金的人设，一直都依靠父母的金钱供给才能稳稳立住，那些自己赚来的广告费甚至抵不上九牛一毛。而她倾慕的那位学长，平时只能利用周末时间给学生补习，挣点改善生活质量的零花钱。寒假期间，他回华北老家的化工厂寻求实习机会，还被人事经理嫌弃学历太高不适合下生产线。两人拼尽全力共同抗争了一个学期，积蓄加起来还不够庄颖随便买一个爱马仕的限定皮包。

她站在柜台前踌躇不安，那种从未体会过的失望与疲惫如同一片沼泽慢慢将她吞没，以至于她再次看到他背着书包兴冲冲地奔向自己时，心里的爱意早已荡然无存，剩下的只有那些如野草疯长的惊惧与惶急。因为她清晰地看见，在他身后，未来贫苦又琐碎的生活也一并滚滚而来。于是趁自己还没彻底掉进深渊，她赶紧伸出双手，重新抓紧了"大他者"[1]抛来的救命稻草。她宁愿承认自己挑战权威最终输得彻彻底底，也不愿用早已被折断的翅膀和风

---

[1] 大他者：拉康精神分析理论中的一个核心概念，指的是一个象征性的秩序，是社会规范、语言结构和文化意义的集合体。

雨殊死博弈，除非这个人能为她提供终身荫庇，或者得到"大他者"的真心认可。

她本以为此生再也没有这样的机会了，没想到就在她燃尽希望之际，命运给她送来了迈克尔·杰斐逊。尽管彼此还没见过面，庄颖却笃信他会是她人生的另一座港湾，是那个带自己体验一切美妙事物的精神向导。拿到留学签证以后，她愈发频繁地和他联系，交谈内容也从之前的公益哲学转为生活中的细枝末节。她甚至连自己何时出发，在何地转乘航班，到芝加哥以后住在哪个社区，全都毫无保留地告诉他。

迈克尔略微诧异道："Angela，你怎么不住华人社区呢？"

庄颖笑着回答："不够安全呗！再说了，我都出国了还天天跟国人在一起呀？"

迈克尔说了声"也对"，便把话题转向为她准备的"神秘见面礼"。庄颖正想问个清楚，忽然听见楼下传来母亲的呼唤声："颖儿，快下来，再不走就赶不上飞机了。"于是她赶紧把檀香木礼盒装进行李箱，拖着它飞奔到别墅正门口。

庄海潮与刘晓慧特意休假半天，只为送她去巴蜀国际机场。一路上，夫妻俩向她再三交代入学流程、日常生活指南，以及需要她交给凯琳导师的实验数据。庄颖颔首不迭，一想到自己即将与父母分开三年之久，离别的愁绪忽而涌上心头。刘晓慧心里也十分不舍，一边说话一边微微哽咽，还是庄海潮出言宽慰，才勉强拦住她眼里即将决堤的牵挂。

"好了,快进去吧,路上注意安全。"

庄颖点点头,拖着行李转身走向兑换登机牌的头等舱服务台。进入安检口之前,她再次回首遥望眼含热泪的父母,接着眨了眨那双多情的桃花眼,仿佛按下数次相机快门,将画面定格成了弥足珍贵的回忆。不过须臾,她又满心雀跃,因为她在候机时看见了迈克尔发来的照片,上面赫然呈现着以色列特拉维夫机场的日出美景——原来他为了早日和自己相见,决定提前启程返回芝加哥。

带着这份激动的心情,庄颖登上了国泰航空的班机,四小时的飞行旅程也如弹指一瞬。落地樟宜国际机场后,她先按照约定给国内的父母报平安,然后扫了一眼屏幕上的世界时钟,推测迈克尔应该还在飞机上埋头小憩,于是打开"脸书"浏览新加坡的本地资讯,以消磨漫长且无聊的候机时光。

她刷到移民中介的中英双语广告时,忽然看见评论区有一个似曾相识的账号。

"行者孙1990?"庄颖自言自语,壮着胆子私信这位博主,"你是成铭哥哥吗?"

十二

"叮咚——"

消息提示音打断了柳成铭的思绪。他低头看了一眼手机,发现"脸书信息盒子"里出现了一个名为 Angela 的账号。他原本不想搭理,可又按捺不住强烈的好奇心。于是他果断打开对方主页仔细分辨,很快确认该账号主人就是他熟悉的庄颖妹妹。

他犹豫片刻,回道:"是我。你在新加坡吗?"

"哇!真的是你!成铭哥哥好久不见啊!我这会儿在樟宜国际机场,准备搭乘今晚的中转航班飞往芝加哥。你呢?在新加坡做什么?工作吗?"

"没有工作。我在这边跟移民中介讨论业务合作,准备 9 月底去芝加哥生活。"

"哥哥终于决定离开家乡了,我真为你感到高兴!你放心,今后咱们可以互相照应。"

"没问题。你注意安全,我还有事情需要处理,回聊。"

不待庄颖答复，柳成铭又发了一个"摸头安慰"的表情包，结束了两人的对话。他随即回到办公桌前，坐下来对自己的移民顾问单懿芳说："芳姐，我刚才想了想，如果做不了'杰出人才引进'方案，那就退而求其次做'国家利益豁免'方案吧！毕竟我在中国的商业和科技领域，还是有一定影响力的。"

单懿芳若有所思道："后者当然可行，只是需要柳先生拿出一些诚意和干货来，联邦移民局才有可能接受你的绿卡申请。不然咱们只能走更次一级的'非技术雇主担保'方案，反正芝加哥的达菲科技已经给您发放了软件工程师的offer。这条路同样很保险。"

柳成铭会心一笑，嘴角却溢出淡淡苦涩，"我知道他们想要什么，你让鲍勃放心，该给的时候我一定会给。反正我现在已经众叛亲离了，也没什么好藏着掖着的。"

"好的，柳先生。按照公司规定，我再跟您确认一下。通过国家利益豁免渠道申请联邦绿卡，等待时间大约是一到两年，其间需要您在当地保持工作状态，如果主动离职或者被雇主解雇，那么资料过审时间将从次月起自动往后延迟一到三年不等。请问这项事实您清楚吗？"

柳成铭颔首回答："我清楚，多谢芳姐。"

"好，请您在合同上签字。我们将在三个工作日内正式开启项目合作。"

柳成铭依照指示完成所有署名。收笔时，他忽然想起什么，随口提道:"对了芳姐,我有一个粉丝朋友也想申请联邦绿卡,他问我什么中介比较负责和靠谱,我想把你的微信名片推送给他,到时候就辛苦你为他答疑解惑了。"

"柳先生真客气。感谢您支持我们的工作,介绍费我就按照总价的三成返给您。"

柳成铭起身欲走,"不用了,芳姐。如果方便的话,看在我的面子上给他打个折就行。"

单懿芳也赶紧站起来,"既是您的粉丝,那我们恭敬不如从命。这边请,我送您。"

离开移民中介的办公大楼后,柳成铭没有直接返回酒店休息,而是在大街上如幽魂一般漫无目的地游荡着。热带地区毒辣的阳光从他头顶直射下来,尽管人行道两侧的芭蕉扇叶总能投来片刻清凉,也依旧改变不了他双腿乏力、眼冒金星的疲态。

其实所谓的"干货"和"诚意"究竟指代什么,柳成铭已经猜得八九不离十——麦斯基金会投资的芝加哥达菲科技也在做全屋智能系统的硬件和软件研发,或许鲍勃希望他能把稻谷集团入资后的核心技术当成一份向大洋彼岸递交的投名状。

可是自从千禧科技成立以来,他就只负责宣传系列产品和运营粉丝群体,技术上的瓶颈也好突破也罢,他从来只了解大概信息。整个项目四位负责人中,唯有邱涵一人掌握全部的知识产权。东窗事发之后,他不仅第一时间与柳成铭做了关系切割,还召开董事会否决了他与麦斯基金会签订的股权置换协议,彻底断绝了对岸资本染指公司决策的可能性。

鲍勃得知这一消息,主动向柳成铭抛来橄榄枝:"Lewis,这几年你为我们的沙漠绿洲项目鞍前马后,我和领导层都特别感激你。这样吧,趁你现在没有官非[1]在身,赶紧来新加坡躲一躲,顺便向我的朋友单懿芳了解一下最新的移民政策。我们在芝加哥等你。"

原本就下定决心的他,立刻把自己砸碎的团队合照扔进垃圾桶,只带着已经褪色的变形金刚和几套平时最爱的常服,搭乘国际航班迅速飞往新加坡。

刚来那段时间,他偶尔会梦见那条荡漾着灿烂晚霞的黄浦江,那座被他视为神殿的纽交所大楼,还有母亲那双粗糙如麦皮的手……每每从梦中醒来,他都会先看一眼手机,确认自己有没有收到中国法院的电子传票,然后再昏睡过去。直到上周三晚八点半,一封电子邮件彻底结束了他长达两个月的恐慌生活。

"成铭,涵跟我说,我们不告你了。不管你将来去哪儿,我以我个人名义祝你平安健康。"

发件人是唐晓波,一个跟他在宣传口共同奋战十余年的前司合伙人。他本该对此感到庆幸,可实际上他不仅没有得到解脱,那块压在心口的巨石反而比之前更加沉重。当时他还不清楚缘由,

---

[1] 官非:指容易惹上官司或是非、惹上牢狱之灾的事情。

现在他想明白了，正因为自己对公司机密一无所知，邱涵才决定放弃起诉，毕竟就算自己逃到天涯海角，也不会对千禧科技和稻谷集团产生任何实质性的威胁。可是他该如何在大洋彼岸蒙混过关呢？"不见兔子不撒鹰"终究只是权宜之计，如果联邦移民局也采取同样的策略，恐怕到时候他既拿不到联邦绿卡，也没有脸面和理由再做回中国人，就像天上断线的风筝那样，只能飘摇无依地死在不知道何时降临的狂风骤雨里。

可他不想死，他只想好好活着。

柳成铭停下脚步，找了一片最大的芭蕉叶当太阳伞，站在树荫底下极目远眺面前这片蔚蓝色的海洋。他想问它答案是什么，可等了许久也不见海神波塞冬从水里浮起来，给自己指一条光明的道路，唯有浪涛发出的低吼声一直在耳畔回响。他无奈又愤怒，重重地跌坐在长椅上，直到夕阳西下，才迈着沉重的步伐回到酒店。

曾经的他蔑视高高在上的神明，如今却渴望天神下凡救他于水火之中。对现在的柳成铭来说，如果有什么方法能够抹去那些"大不敬"的罪过，不管是让他在香案前长跪不起，还是磕头磕到血流成河，他都愿意不遗余力地执行。但这里是人间，是因果自担的人间，而不是无论犯了什么错都可以被上帝谅解和救赎的天堂。

这个世界没有天堂。

可是在庄颖的心目中，芝加哥就是人间天堂。

从落地那刻起,她看见的即是富饶丰美的农庄、鳞次栉比的别墅和市中心数不胜数的奢侈品商店。她可以开着阿斯顿·马丁跑车上下学,也可以在不做实验的工作日溜到高尔夫球场挥杆练手,心情好的话,再顺便办个马术俱乐部的高级会员卡,请专业教练一对一指导。

当然,对她来说,最值得期待的不是这些在国内就已经摸透规则的项目,而是那场校方为全体2022级硕士研究生举办的新生联谊会。

为了给素未谋面的迈克尔一个惊喜,她设计了艳而不妖的妆容,又在租住的公寓里反复试穿了好几套量身定制的晚礼服,才最终选定那条真丝质地的银色吊带曳地长裙,以及那双贴满碎钻的同色高跟鞋。离开家门前,她不忘带上自己为迈克尔准备的檀香木礼盒,像美人鱼一样拖着长长的尾巴迅速游到会场。

如她所料,这里聚满了不同肤色、种族和国别的学生。原本正在互相攀谈的男男女女,一看见她走进来,目光就不由自主地跟随她四处转动。而她总是大方得体地点头致谢,不在意任何与迈克尔无关的好感。她只想尽快认出他,验证那些从未跟人提起的幸福和期待。

"Angela,你在找我吗?"

熟悉的声音落在耳畔,庄颖迅速转身回头,没想到映入眼帘的竟是一尊似神非神、似妖非妖的雕像——唯有异于常人的绝色容颜才能令阅美无数的她心魂震颤。她不由自主地深吸一口气,迫使自己冷静下来凝望这张春波荡漾的脸。可是眼神每抚过他的一处五官,她内心就燃起碎如星点的火苗。它们跃动着、叫嚣着,要她这位懵懂的人鱼公主把自己的尾巴变成一双修长的玉腿,和白马王子在滚烫的烈焰中翩翩起舞,然后在午夜香冷烟沉时,跌入他眸底化为一摊灰烬。她赶紧眨了眨眼睛,确信自己在对方身上预见了命运编写的诅咒,仍是想也没想,就彻底交付了那卷猎猎旌旗。

"是的,我在找你。"

灯光如同海浪升起,掌声亦似浪花不断拍打过来,迈克尔牵起庄颖的手,陪她在汹涌的人潮里恣意穿行,即便偶有异性充当热心的船夫,两人也都摆手回绝,一心只与彼此徜徉时光。他们仍不尽兴,直接甩开众人来到校园的广场上,对着那轮高悬的镜月互诉衷肠。他明明没说什么动人心弦的情话,却依旧烙红了庄颖的脸颊。于是在他的双唇即将凑近时,她顺势举起手中的檀香木盒挡在中间,"聊了这么久,差点忘了把礼物送给你,快收下吧!"

迈克尔先是一愣,随后拿起木盒直接打开,惊叹道:"这是三星堆博物馆的青铜酒樽?"

庄颖颔首回答:"没错。我经常听你提起三星堆文化,就开车去那儿给你买了套纪念品。"

迈克尔脸上露出极为绅士的笑容,"谢谢你,Angela,我很喜欢这份礼物。请问你什么时候有空,我打算带你去一个地方,献上那份特殊的见面礼。"

庄颖勾起手指清点近期的活动安排,只有下周日的时间可以单独留给他。见他满心欢喜,她忍不住问道:"究竟是什么东西,值得你保密这么久?"

"到时候你就知道了。走吧,我开车送你回家。"

"好,那我就不问了,保持期待。"

一路上,两人在车里有说有笑,以至于抵达公寓楼门口时,庄颖恋恋不舍地说了句"晚安",才下车返回自己租住的五楼套间。迈克尔则默默守在路边,等她卧室那扇窗户由内而外透出一抹旖旎光亮,才心满意足地驾车离去。

第二天的师门见面会在凯琳·约瑟夫家中举行。庄颖向导师献上自家生产的高端出口酒品和一篇已经刊发的二作署名论文,里面同时夹着一封刘晓慧的亲笔信。凯琳见到旧友女儿送来的厚礼,心里早已喜不自胜。她决定帮助庄颖申请全额奖学金,没过多久又给她挑了一个含金量最高、技术性最强的项目,并且让她担任该项目的副组长。庄颖非常感激,一丝不苟地写完开题报告交给导师,才总算结束了开学以来最忙碌的阶段。

她拍下自己与桌面资料的合影,在"脸书"和微博上同时发布照片,并配文"即将成为辛苦的实验狗"。后援会会长"佛手柑"组织粉丝"转评赞",并请他们刷屏"Angela多发动态,我们超爱看"的

"彩虹屁"言论。庄颖挑了几个相对眼熟的ID逐一回复,表示自己一定会抽空登录微博分享留学日常,还允诺明年暑假生日会时再给大家抽奖发福利。一些她从未见过的零级账号突然冒出来,说什么"大小姐就是豪气,也不知道你用着人民群众的血汗钱,半夜会不会做噩梦"。她轻轻皱起眉头,正准备直接拉黑,就有粉丝先替她出了心里这口恶气。

"什么叫人民群众的血汗钱,那是她父母合理合法挣来的。"

"你确定?做企业的有几个经得起查?他们家第一桶金是怎么来的?有没有使用权力巧取豪夺,她爹庄海潮敢拍着胸脯说自己的钱绝对干净吗?"

"不是,你有病没病啊?她爸爸停薪留职,下海经商的时候,她还没有出生好吗?"

"祸不及子女的前提是惠不及子女,怎么?她成箱成箱买奢侈品的时候,用的都是自己的钱?据我所知,像她这种体量的微博网红,一条文字广告的收费顶天也就十万块,那她得多省吃俭用,才能拿自己的血汗钱来补贴你们啊?你也不动脑筋想想。"

"我看你就是酸的,别是什么对家买的水军跑来带节奏吧?拉黑了不给你们递刀子。"

……

随着下场的小号越来越多,评论区简直吵翻了天。庄颖看见迈克尔的车已经停在马路边,于是给"佛手柑"发了个举报暗号,便踩着精致的高跟鞋迅速下楼。

迈克尔发现她脸上浮着一片阴云,便关切道:"Angela,你怎么了?哪里不舒服吗?"

庄颖摇摇头,将刚才看到的争论都锁进心门,只说:"你别担心,我只是连着写了一周的开题报告,所以看起来有些疲惫。"她冲他露出粲然的微笑,"我都上车了,咱们出发吧!"

迈克尔松了口气,驱车驶向芝加哥郊外的芭比娃娃总部。还在半路时,庄颖就被不远处巨大的粉色 Logo 和彩绘外墙吸引。等座驾稍微停稳,她立刻迫不及待地开门下车,在那条专门为她铺设的花瓣地毯上转了几圈,笑盈盈道:"原来这就是你准备的惊喜!那咱们今天体验什么项目?是给芭比娃娃梳妆打扮,还是给它们摆好看的造型,然后跟它们合影?"

迈克尔轻轻摇头,"都不是。咱们今天要定制一个真人芭比。"

"真人芭比?"庄颖惊喜又恍惚,"照着我的模样做吗?"

"当然。我知道你特别喜欢芭比娃娃,也从你的动态照片里看到了不少收藏级产品,所以我才灵机一动,决定按照你的形象定制一款绝无仅有的芭比玩偶。只是它的制作工期比较长,通常是半年到一年,所以得辛苦 Angela 多等一等了。"

字字句句如同流星划过天际,璀璨的光芒下,庄颖看见了他赤诚如斯的心意和杰斐逊家族广泛的社会影响力。要知道,定制真人芭比这种特殊服务,世界上只有为数不多的顶级女星们才能花钱享受。

而今天,她不费吹灰之力就达成了即便跟父亲撒娇也没法实现的梦想。

她欣喜若狂,更加确信迈克尔身后那双强劲有力的巨手,足以跟自己的"大他者"掰一掰手腕、决一个胜负。她果然不用面对腥风血雨,就有忠诚的骑士以命相搏,换来胜利。

"谢谢你如此费心,我很喜欢这份礼物。"

她在他的脸颊上轻轻落了一个吻,不待他反应过来,便转身踩着地毯上的玫瑰花瓣一蹦一跳地走向面前那座城堡。迈克尔默默跟在她身后,嘴角也不由自主地弯成一段月弧。门口的迎宾员带领他们来到大厅右侧的设计办公室。主设计师先跟庄颖沟通玩偶的衣着风格与妆容细节,再单独请她去二楼的三维建模室,详细记录她的面部数据。走完流程以后,还有专业的业务经理为他们送上两份私厨定制的法式午餐,用餐时也有侍者全程提供贴心服务。

庄颖无比感慨。虽然她在国内多次享受类似的待遇,但没有哪次像今天这样被人毕恭毕敬地托举着,让她从身到心都飘浮在半空中,比腾云驾雾的天神还要舒适自由。于是当业务经理呈上最终方案供她审阅时,她只看了几眼呈现效果,便点头敲定。迈克尔起身向所有工作人员致谢,随后开车带她到附近的湖畔兜风。夜幕降临后,两人又返回市中心的会员商场逛街吃饭,一直玩到晚上九点半才终于返回庄颖的公寓楼。

趁她还没打开车门,迈克尔扭头问道:"Angela,你今天开心吗?"

庄颖颔首回答:"当然,我希望以后每天都这么开心。"

迈克尔顺势打出直球,"只要我们在一起,这个愿望就能轻松实现。"

庄颖轻轻怔住,一股无名的渴望与冲动很快将她的脸颊烧红。同样也是这一瞬间,父亲的叮嘱又从她脑海里蔓延出来,好似有双无影之手顺着她的背脊和肩膀慢慢爬到脸上,死死捂住了那张急于答应的嘴。她艰难地喘了口气,像缓解窒息一般,低头说道:"我想我需要认真思考一下再答复你,好吗?"

出乎意料地,迈克尔脸上没有任何失望与诧异,反而带着几分不曾出现的理解与怜惜。

他拨弄着她鬓边的碎发,格外温柔地说:"没问题。反正从明天开始你要参与实验,我要陪导师去厄瓜多尔出差,我们就利用这段时间慢慢感受彼此的心意。希望我下个月底回芝加哥时,能听到你给出的答案。"他顿了顿,"无论什么结果我都接受。"

庄颖鬼使神差地抬起头,对上了他那双莹润的眸子。他刚才那句话的语气明明依旧温柔似水、波澜不兴,可她仍是听到了一声微弱的叹息,诱使她的心长出触手,捕捉到他的爱意。

她赶紧说了声"晚安",打开车门落荒而逃。

庄颖觉得自己必须尽快和父母达成一致，否则她一定会陷在这种拉扯的情绪里左右为难。于是趁迈克尔不在学校，导师也没有布置新的实验任务，她抓紧时间打了一通视频电话，问父亲是否已经通过芝加哥的朋友核实了迈克尔的身份信息。庄海潮先说了声"没有"，看见她委屈失望的表情后，又忍不住哈哈大笑，"骗你的，乖乖。爸爸问清楚了，他的确是杰斐逊家族的二公子，你们两个人无论样貌、学历还是身家背景都非常般配，只要你自己愿意和他在一起，我们绝对不会多说什么。"

不知为何，庄颖喜极而泣，"太好了！谢谢爸爸妈妈……我一定会把握自己的幸福！"

"乖乖，怎么哭了？快把眼泪擦干净，打开短信看看银行发来的收付提醒。"

她听话照做，瞬间破涕为笑，"这么多零花钱，是拿给我做恋爱经费的吗？"

"当然，你想怎么花就怎么花，不够再找爸爸要。"

庄颖对着屏幕送上好几个飞吻，逗得手机那头的夫妻俩笑逐颜开，而她自己心里更是被前所未有的幸福填满——她的爱情得到了父母的支持与祝福，接下来只用全身心投入，不管是锦上添花的财富、不断提高的地位，还是许多人趋之若鹜的联邦绿卡，对她来说都如同探囊取物，更别提他们之间还有如此真挚的感情。这世上再也找不到比这更为舒爽的体验。

果然"人生易如反掌"。

她与父母道了声"晚安",放下手机心满意足地闭上双眼。是夜青霄中移,月光穿过朦胧的窗纱照在她含羞带笑的睡颜上,如同点染开一场繁盛绚丽的美梦。

十三

美梦？幻象？海市蜃楼？

王汉平在手臂上猛掐一把，直到尖锐的疼痛刺破那层脆弱的肌肤，才确信眼前这座天主教堂是真实存在的圣殿。他略定神，又看见一名黄皮肤黑眼瞳的年轻导游带着一群北美游客从他面前缓缓经过。他们好奇地看了他两眼，队伍里很快响起稀稀拉拉的议论声。独立广场周围摆着错落有致的水果摊位，头戴黑色网纱帽、身穿粗麻布直筒裙的女人们正拎着手里的香蕉和甜枣高声叫卖。她们身后那排高耸茂密的棕榈树下，几对衣着时髦的青年男女肩并肩席地而坐，每人手里都捧着一杯热可可，聚在一起有说有笑。马路上自行车的丁零声、小汽车的喇叭声，也都像自带语言系统一般，叽叽喳喳地钻进王汉平的耳朵里。

他一个字也听不懂，却依旧用中文本能地叫喊起来："我他妈终于出国了！出国了！哈哈哈哈哈！我他妈自由了！自由了！"

他冲到卖热可可的摊位前，从衣兜里摸出一美元纸币塞给这位厄瓜多尔小贩,示意他给自己来一杯青年男女的同款饮品。小贩用西班牙语问他是否需要蔗糖和牛奶,发现两人语言不通,又赶紧指了指面前白色粉末状的糖霜。王汉平迟疑片刻,摇了摇头,最终只得到一杯苦涩的黑水和五美分的找零。他走到棕榈树下仰头大喝一口,顿时气得火冒三丈。

"这破玩意儿咋恁难喝嘞?跟中药一样。"

见他跺着脚骂骂咧咧,还时不时对准花坛旁边的垃圾桶悄悄呕吐,围坐在树荫底下的青年男女们笑得前仰后合。王汉平听见动静,愣了好一会儿才摸摸后脑勺,露出一抹尴尬的微笑。兴许是看出了他的窘迫和无助,一名二十岁出头的男子用西班牙语跟伙伴们悄声嘀咕了两句,然后起身来到他面前礼貌地说:"Sir, Are you Chinese?"

王汉平本想摇头否认,可又拿不准对方的目的,于是迟迟不肯回答。男子以为他也听不懂英文,便改用流利的中文问道:"先生,您是中国人吗?您需要帮助吗?"

王汉平微微愕然,嘴型也不受控制地逐渐撑圆。他接着深吸一口气,等心情稍微平复之后才点头回答:"我……我是……是中国人。"他抬手指向不远处的摊贩,"我这杯热可可实在是太苦了,希望他能给我加点甜的东西,但我不知道怎么表达,想请你帮我说一声。"

"没问题,交给我来办。"话音刚落,男子便从他手中接过纸杯,转身走向卖热可可的年轻小贩。两人用西班牙语沟通了几句,小贩很快按照要求重新做好,并朝王汉平远远地挥手致意。王汉平也鬼使神差地礼貌回应,内心却不明所以。就在他发愣时,男子已端着新调的热饮回到他身边,"先生,请您尝尝现在的味道怎么样。"

王汉平回过神来双手接住,软舌刚勾住那一股甘甜的滋味,便忍不住一气儿喝完。他随即抹了抹沾满奶沫的嘴角,竖起大拇指一顿猛夸:"好喝!真好喝!不愧是可可大国的饮料!"

"您喜欢就好。冒昧地问一下,您来厄瓜多尔做什么呢?"

"我 ……"王汉平思忖片刻,笑着回答,"我听说这边对中国免签,所以过来旅游。"

男子格外惊喜,告诉众人这是一位中国游客。青年男女们纷纷起身围着王汉平嘘寒问暖,其中一部分人还主动给他介绍厄瓜多尔的著名景点。他们表示除了他现在所在的基多老城以外,还有隆达街、瓜亚基尔历史公园,以及皮钦查和科多帕希两座活火山,这些都是不容错过的自然风光。面对突如其来的热情,王汉平有些不知所措。可渐渐地,他开始享受这种从未体验过的友好,仿佛干涸大地上的一株禾苗,拼命汲取着从天而降的甘霖。

他想起自己还在中国的时候,除了经常来网吧上网的中小学生,还从未有人给过他如沐春风的感觉,包括他那面朝黄土背朝天的父母。他们一心盼着他依靠读书出人头地,可他自己压根不是学习的材料，别人能够熟记九九乘法表时，他还分不清加减乘除的区别，一首简单的《静夜思》也要背半个小时才能搞定。

赵琴总恨铁不成钢地念叨："你爹好歹是知识分子，怎么没把那颗脑袋瓜遗传给你呢？"

一向庸懦的王勇听了，立刻梗起脖子回呛道："我是个屁的知识分子，我他妈狗屁都不是！学学学！学那么多有蛋用？不如跟你种一辈子葡萄！"

"你这人有病吧？冲俺发什么邪火？是俺把你调到金河来的？是俺不让你回去的？"

每到这时，王勇总会软下身段连说几声"不是"，然后扛起锄头去农庄坐一下午，一边抽旱烟，一边对葡萄藤说早已生疏的宁港方言。随着年纪渐长，王汉平对学习的兴趣也逐渐转移到父亲身上。他很想知道他迥异于西北人粗犷豪放的气质背后，究竟藏着怎样痛苦且复杂的故事。可他还没来得及摸清眉目，母亲的棍棒就如天上的铁雨纷至沓来。

"让你不学！让你不学！让你不学！跪下！你还敢跑！跪下！给俺跪下！"

没有办法，纵使他的身手比孙行者还要矫健，也逃不出如来佛祖的手掌心。每每挨完一顿暴打，母亲还会让他跪在窑洞外面的黄土地上好好反思，如果日落之前不来厨房认错，晚上就甭想吃饭。他于是转头盯住那一轮漂浮在黄河之上的红日，看着山脚下的炊烟如同一缕缕炸开的毛线往天空恣意勾连着。他把头往前探了探,又见艳橙色的江水荡起潺潺余波向他膝下奔来。他明明好好地跪着,心却早已顺流而下,漂到了那个令人神往的蓬莱仙境。也正是从那时起,他暗下决心一定要飞出这座土黄色的囚笼。可是在羽翼尚未丰满之前,为了顿顿都能吃上饱饭,他只好硬着头皮向母亲郑重忏悔,表示自己一定好好学习,将来毕业以后走上国家分配的工作岗位,挣钱娶媳妇给父母养老。

可他毕业那年,国家取消了原有的中专生就业政策,面对毕业即失业的困局,王汉平揣着平时攒下的十几元生活费,伙同学校里最好的哥们一起奔赴华南地区。他们听老乡说那里遍地都是机会,随便找个工作都能赚来几十上百元。初来乍到时,王汉平的确体会到了宾至如归的感觉。可渐渐地,他还是被厂房里逼仄的工作台压弯了腰。以至于他后来只能匍匐在零碎的元件里,扒拉那些贴着细闪的、哗哗作响的钢镚,深夜回到长满潮气的十人宿舍,睡在臭烘烘的春秋大梦里,听福利彩票开奖时金条下坠的巨响。它们把他的天空砸出了一个窟窿,也砸碎了他脆弱的膝盖。于是在中国加入世贸组织那天,他带着用半条命换来的两千元赔偿金,灰溜溜地滚回了西北金河。

从此以后,他的膝盖在黄土地里生根发芽,长出了足以将他完全吞没的恶灵,只是他看不见也摸不着,仍然志得意满地游走在互联网给他筑就的信息堡垒里。他惊奇地发现,那座从小就向往的蓬莱仙境原来正在遥远的大洋彼岸等着他,而他追捧的意见领袖柳成铭,则是专门传递喜讯的天神信使,为他心中的理想国添砖加瓦——那里人人平等、富得流油,随便从事什么行业都能赢得尊重,谁也不用卑躬屈膝地讨好谁,每个人的膝盖都是完好无损的。

他发下毒誓,如果这辈子能踏上那片圣土,就算让他再丢半条命,也丝毫不会迟疑。所以后来卖房炒币亏到底裤不剩时,王汉平没有歇斯底里地找那帮人扯皮算账,而是把它当成自己献给自由女神的香火钱,至于父亲、母亲、前妻和女儿,那都是供奉油灯时随意消耗的材料。他也曾一度认为自己狠辣又冷漠,可转念一想,他早已向前妻安红跪下认错,早已在母亲的棺椁前磕头谢罪,更在事后面对父亲扇来的巴掌时,不顾形象在众人面前痛哭流涕。

除了自己那双伤痕累累的膝盖,他不欠任何人情感层面的高利贷。

"我们还要回学校上课,先失陪了。祝您旅途愉快,王先生。"

青年男女们挨个和他挥手道别。等他们全部乘车远去,王汉平先俯身揉了揉酸胀的膝盖骨,然后从背包里摸出一把提前藏好的剪刀、一本中国护照和一张还未过期的身份证,毫不犹豫地把它们全部剪成碎片。他瞥了一眼垃圾桶里的纸屑与胶壳,脸上逐渐浮起心满意足的笑容。那些同行的中国游客也纷纷效仿,一边利索地翻铰那根看不见的"精神脐带",一边用中文高呼"自由民主",提前庆祝再也不用下跪的日子。

迈克尔站在窗前俯视着广场周围的中国人，低声讥笑道："他们还真舍得销毁证件啊。"

单懿芳冲他的背影轻笑一声："其实不用我们这些'导游'提前交代，他们自己都会主动销毁的，因为他们比我们更讨厌大洋彼岸的东方大国。"

迈克尔拉上窗帘，转身盯住单懿芳那张不显山水的脸，"可他们毕竟是你的同胞，你这么做，心里不会难过吗？"

"同胞？"单懿芳忍俊不禁，"我有联邦绿卡。他们有吗？"

迈克尔定了定神，饶有意味道："很快就有了。说说吧，这回有多少人参与'旅游项目'？"

"四千三百二十五人。小少爷放心，鲍勃已经跟我打过招呼，事成之后，我们一定优先给您分红，并且保证到您手上的钱绝对不低于总利润的七成。"

"那就好，我还要拿这些钱去买新餐具呢！"

"您这回看上了什么？乌克兰的酒杯？塞尔维亚的盘子？还是法国的刀叉？"

"都不是，而是一只东方的明黄色瓷碗。"

"瓷碗？好多年没看您用过了。"

"是啊，所以趁新鲜多用用。"

"那小少爷打算什么时候启程回国，拿下这只瓷碗呢？"

"再过段时间吧！我还要用那只乌克兰酒杯多喝几天红酒。"

单懿芳心领神会，知趣地退出了那间晦暗的办公室。立在门口的贴身管家跟她打了个照面，揣着私人定制的酒单转身走向沙发旁边的迈克尔。电动门轻轻合上，醉醺醺的春光从这缕缝隙里满溢出来，变成一条蜿蜒的河流向北方回淌，直到与少女的思念融汇成一片汪洋大海，一浪又一浪地拍打在情欲的崖岸上。

"Angela,我在你家楼下。"

接到这条短信时，庄颖刚从睡梦中醒来。她瞥了一眼屏幕上的内容，立刻穿上拖鞋跑到窗户边，掀开一条缝隙悄悄往楼下看，果然发现迈克尔的座驾正停泊在车位上静静等候。她惊喜万分，立刻回了句"OK"，然后开始翻箱倒柜地找衣服、配鞋子、挑首饰。等她装扮完毕，整个人容光焕发时，正午的骄阳也刚好晒透这段时间以来的阴霾。庄颖赶紧下楼钻进轿车副驾驶，向许久不见的心上人诚恳致歉：“不好意思，让你久等了。我没想到你今天突然回来，所有东西都是临时准备的，应该不难看吧？”

迈克尔目不转睛地盯着她，如欣赏一尊刚刚落成的美神雕像，"如果连你都算难看，那这个世界上就没有好看的人了。不过严格来讲，你脖子上是空了点……"正说着，他从车座中间的格挡里取出礼盒，"希望这条厄瓜多尔的珍珠项链能为你增添光彩。"

庄颖接过来打开细瞧，只见它通体都泛着暖澄澄的水色，串起来的每一颗珍珠也都饱满莹润、洁白无瑕，比日本皇室御用的Akoya珍珠更闪耀几分。

"喜欢吗?"

"喜欢。"

"那我给你戴上。"

庄颖正准备侧过身子,却被迈克尔温柔的眼神止住。他拿起那条珍珠项链,缓慢绕过她纤长白皙的脖颈,然后轻轻扣好镶满碎钻的纽结。这明明是他第一次为她穿戴首饰,动作却格外熟稔,仿佛长期练习形成的肌肉记忆。

庄颖羞红脸颊,急忙转移话题:"迈克尔,我们今天去哪儿?"

"去上次兜风的湖边好吗?我想在那个山清水秀的地方听你给出的回答。"

"没问题,我已经想清楚了,到那儿以后我就告诉你。"

两人驱车来到目的地。环湖种了两排粗壮的枫树,此时已步入深秋,高大的树冠里挤出了簇簇红叶,像少女脸上被人无故泼来几盆晚霞,就这么欲坠不坠地挂在树梢。湖面上刮过的秋风也带着几许萧瑟肃杀之气,不过在庄颖听来,那些刷啦啦的风声全都是对她说出答案的鼓励,在催促她那颗小鹿乱撞的心跳得快些,更快些,直到完全跳进猎人的怀里。

"迈克尔,我答应做你的女朋友。"

"太好了,Angela!我一定会给你幸福的!"

迈克尔拥住她的肩膀,对准她的双唇奉上一个深吻。庄颖羞着躲开,但很快被他那双骨节分明的手紧紧扣住后脑勺,只能顺应他热忱又猛烈的攻势,与他沉醉在湖畔炽热的晚风中。

　　回家以后,她第一时间向父母报喜,然后迫不及待地同时发微博和"脸书"官宣,还把这件事情告诉了一起做实验的四位小组成员。导师凯琳祝福她完成学业的同时大胆享受青春年华。绝大多数国内粉丝看见官宣微博,也都报以嗑 CP 的态度,在评论区重复刷着"天长地久,幸福到老",只有少部分"铁粉"和经常神出鬼没的零级小号刷屏质疑迈克尔的真心。他们纷纷贴出他在外网留下的反华言论截图和疑似用来约炮的小号,力证这是一个道德败坏的烂人,劝庄颖擦亮眼睛赶紧分手。庄颖懒得下场反驳,便把舆情全权交给"佛手柑"处理。

　　她开始正大光明地和迈克尔出双入对,每周除了待在实验室埋头苦干,剩下的日子就是跟他一起游山玩水,出入各大会员商场享受专属导购的贴心服务。如果碰上艺术展览或者马术爱好者交流会,两人也会以嘉宾身份出席这些社交活动。只是在相处过程中,迈克尔几乎从来不给庄颖介绍自己身边的朋友。这一举动令庄颖心生不安,于是她选定两人都比较空闲的周三下午,坐在当初互诉衷肠的草坪上表达内心想法。

　　"迈克尔,我觉得我需要融入你的生活。"

　　"你是不是想认识我的好朋友们?"

　　庄颖郑重其事地点点头,"是的!我想通过他们了解你的各方面。"

迈克尔拨弄着她鬓边飘扬的青丝,"我完全理解。只是他们都不在芝加哥,一时半会儿没法凑齐。这样吧,我先带你回家见我的父母亲人,他们也特别想了解你呢!"

庄颖微微愕然,反复询问了好几遍,才确认迈克尔不是突发奇想。迈克尔看出了她极力掩饰的紧张,于是宽慰道:"其实我早就想在家里为你举办一场欢迎宴会,如今终于找到合适的契机了!下周六怎么样?给我十天的时间准备。"

"好,我也认真准备一下。"

得知这一喜讯时,电话那头的庄海潮与刘晓慧立刻分头行动,一个为她复习社交礼仪,一个为她搭配当天两场宴会的服装。尽管庄颖反复告诉他们这只是一场简单的拜访,夫妻俩仍乐不可支地忙活了半天,末了不忘调侃道:"看样子,我们是不是该为你准备嫁妆了?"

庄颖冲父母扮了个鬼脸,"等他正式向我求婚再说咯!至少还有三年时间,急什么呀?"

见她如此骄矜自持,刘晓慧开怀大笑:"这就对咯,乖乖!我们生怕你急着嫁出去,才故意逗你玩儿的。你早点休息吧!下周应酬完毕,记得第一时间跟我们分享心得感悟哦!"

庄颖点了点头,依依不舍地说了句"晚安",才挂断电话。她拎起手边那条流光溢彩的红丝绒抹胸长裙,贴在身前比了又比,仿佛已经看见心中那场鲜花着锦、高朋满座的跨国婚礼——虽然她向父母隐去了自己的少女心事,可夜深人静时仍止不住幸福地畅想。她就这样在镜子前转悠了好几圈,终于心满意足地放下战袍,拥着床上的蚕丝被褥一头扎进梦乡。

十四

赴约那天早上，天空一碧如洗，偶尔有几只灰雁排成一行从穹顶飞过，也未曾留下丝毫浮云的幽痕，一切都像在漫画的世界里穿行。庄颖对镜整理仪容，确认得体妥帖之后提上装满礼物的口袋，兴冲冲地来到公寓门口。两人先驾车前往市中心的达菲科技大厦，准备接迈克尔的兄长约翰一同回家。车刚停稳，迈克尔就让前台礼宾员带庄颖去十楼 VIP 会客厅休息，自己则乘坐电梯直奔顶楼的总裁办公室。庄颖本想和他一同前往，但碍于自己身份特殊不便开口直说，只能点头同意。谁知她刚到贵宾室没多久，连屁股底下的沙发都还没坐热，就看见外面走廊上出现了一位故人的身影。

"成铭哥哥！成铭哥哥！"她起身冲他拼命挥手，"我是 Angela，颖儿啊！"

柳成铭循声回头，对上视线的瞬间，他眼里即刻涌出无尽的惊喜与诧异。他忙向身旁的主管说了声"抱歉失陪"，然后迅速用员工胸卡打开了贵宾室的门禁。

"Angela,你怎么在这儿?"

"我陪我男朋友来这里找他哥哥。"

柳成铭愈发愕然,"男朋友?你谈恋爱了?"

庄颖莞尔一笑,"是呀!我还发了'脸书'官宣呢!哥哥你没看到吗?"

柳成铭恍然大悟,很快勾起唇角,"原来是那条动态。我第一时间刷到过,本该好好跟你说声恭喜,可忙着忙着就给忘了,真不好意思。"

庄颖毫不在意地摇摇头,"这有什么关系,工作最重要嘛!再说了,现在当面恭喜也不晚啊!不过成铭哥哥,你什么时候来的芝加哥?怎么你的'脸书'上一点动静都没有呢?要不是今天在这儿碰见你,我都不知道你已经入境了。"

柳成铭低头看了一眼电子手表,"今天是11月15日,往前推一个月就是我落地芝加哥的日子。"做完这个动作,他立刻抬头微笑,"这段时间我一睁眼就能看见温暖的阳光,认识的也都是来自不同国家和地区的优秀同事。多亏这次勇敢的'离家出走',让我的世界一下子从阴暗晦涩变得五彩斑斓。"

庄颖不懂他为何突然说这些话,可她仍切实共情了他那种劫后余生的庆幸,于是她颔首道:"是啊!我们都应该恭喜彼此拥有了崭新的生活,有机会成为新时代的联邦公民。"

……

就在两人相谈甚欢时,迈克尔已带着兄长来到贵宾室门口,"Angela,我来给你介绍一下,这位是我的哥哥约翰·杰斐逊。他是哈佛大学工商管理学硕士,达菲科技现任 CEO。"庄颖立刻点头问好,迈克尔接着往前一步,搂住她的肩膀自豪地说:"哥哥,这就是我的女朋友 Angela。她是与我同届的芝加哥大学化学工业硕士研究生,也是一位'脸书'博主。"

约翰分外欣赏地点点头,主动与庄颖握手寒暄。柳成铭见缝插针地说了句"总裁先生早安",便以需要处理文件为由知趣地离开了房间。迈克尔请哥哥和庄颖坐下闲聊,就当提前帮她适应和父母见面的节奏。庄颖也把它当成一场正式会面前的全真模拟考试,无论约翰问什么问题,她都认真严谨地回答,即便事关隐私也毫不在意。

"我很好奇,他是你的第几任男友?"

"当然是初恋啦!遇见他之前,我从来没有谈过恋爱。"

约翰有些惊讶,眼神更有玩味,"迈克尔,你可得好好对待人家。"

迈克尔立刻举手发誓,以格外滑稽的举动成功转移话题。三人一直聊到中午十二点,才开车来到位于惠灵顿湖畔的杰斐逊庄园。彼时主楼餐厅的长桌上已经摆好五套银制餐具,窗边的花瓶里亦插满粉红色的香水百合与大马士革玫瑰花,地上也重新铺了一块织有浅黄祥云图案的朱砂色毛毯。摆出这些温馨复古又暗含中国元素的物件,只为隆重欢迎今天来访的贵客——庄颖。她被这些满满的诚意打动，面向迈克尔的父母做自我介绍时，比任何情况下都要谦逊几分。杰斐逊夫妻俩赞不绝口，送上一套高定珠宝当作见面礼。庄颖更为客气地献上回礼，还解释了每份礼物所代表的寓意。主客间的氛围越来越融洽，迈克尔适时招呼众人入座用餐。傍晚时分，他还给庄颖准备了一场小型酒会，让身穿丝绒晚礼服的她闪耀全场，成为在场许多堂弟堂妹的艳羡对象。

当天晚上，迈克尔照例驱车送她回家。吻别后，他拉住庄颖的手，悄悄塞给她一张黑色的卡片，"这是我在市中心的秘密基地，你想我的时候，可以随时过来找我。"

庄颖顿时羞红脸颊，只把它往包里一搁，说了声"我知道了"，便下车匆匆离去。迈克尔调暗车内的灯光，将自己那双锐利的兽瞳隐藏于一片昏黄之中，直到猎物的巢穴亮起明灯，才志在必得地驾车离去。

洗漱完毕的庄颖看了一眼楼下空寂的街道，终于放心地躺回床上给父母打电话。她先简述今天的总体情况，再挑选几处细节与双亲着重探讨，同时强调自己只介绍了家庭背景，没有直接推销自家公司的产品。

庄海潮对此十分满意，"那就好，初次见面嘛，混个脸熟就行了。"

庄颖骄傲地点点头，"没错，反正以后有的是机会，让他亲眼见识咱家产品的厉害。"

"那爸爸提前给你付一笔'市场营销费'，今后你就是我西酒集团北美大区的推广大使。"

庄颖眉开眼笑，"好好好，我一定做好这个推广大使！"

刘晓慧见她心情舒畅，于是趁热打铁道："颖儿，你现在长大了，一个人在外面要学会保护自己，如果遇到什么困难记得第一时间给我们打电话，或者向身边信任的朋友求助。"

庄颖想起刚才那张卡片，瞬间心知肚明。可她又不好意思开口详谈，只能冲屏幕里的父母嫣然一笑，"我知道了，爸妈放心吧！你们平时也注意休息，不要过度操劳。"

刘晓慧忽然红了眼眶，"我们真没白疼你这个女儿……"

庄颖想起自己在机场跟父母道别的场景，鼻子也开始微微发酸，"妈妈，您怎么了？"

庄海潮轻轻拍了拍妻子的肩膀以示安慰，"没什么，我们只是有些想你。不过你也别太担心，只要你认真完成学业，我和你妈妈就放心了。快休息吧！你明天还要做实验呢！"

庄颖推测父母今晚多半是触景生情，于是特意在挂断电话前扮了几个鬼脸，直到看见他们脸上重新浮起微笑，才放下手机安心睡去。

12月的冬风从北冰洋上不断吹来，经过北美高纬地区大片苔原后急速降温，吹到五大湖畔时，已经变成了杀人无血的软刀子，衬得天空中那钩弯月也变成了一把断头铡，等待着时机手起刀落。

庄颖却觉得天气虽然已经转凉,但她心里却始终暖意融融,因为这段时间以来,自己不仅见了男友的家长,还在实验室里得出了最想要的真实数据。凯琳导师特意邀请他们去家里开庆功派对,师生六人欢聚一堂,好不热闹。当然了,最开心的要数今晚的约会。迈克尔心疼她来芝加哥以后天天吃西餐,于是决定带她重温中式菜肴,尤其是重温经典川菜的美好。为此她特意换上正红色的双面呢驼绒大衣,早早地下楼等候。

迈克尔摇下车窗喊道:"Angela,你怎么站在风里?快上车。"

庄颖乖觉地钻进副驾驶室,"我这不是想早点见到你吗?所以提前来了。对了,咱们去哪家中餐厅吃饭?"

"唐人街7号的'千里共婵娟'。这可是北美的连锁店,老板吴舒宁是我父亲的朋友。"

庄颖嫣然一笑,"原来是这家店。吴阿公也跟我父亲关系不错,他们店里还有我们家公司出品的'西岭雪'干红呢!你今晚要不要尝尝看?"

"好啊!我求之不得。"他一边开车一边试探庄颖的酒量,"你能喝多少?一瓶?两瓶?"

庄颖神秘兮兮地回道:"问这么多做什么?到时候你就知道了。"

迈克尔转头目视前方,"没问题,只要你高兴,喝多少都行。我负责背你回家。"

缱绻暧昧的氛围如同车内的空调热气扑在脸上。两人都不再多言,而是各有所思地保持沉默。抵达"千里共婵娟"时,黑夜已如泼墨的宣纸静静铺展开来,饭店正厅里挂着明黄色的中式宫灯,服务人员也都换上了新款的棉服唐装,头上戴着毛呢圣诞帽,中西结合的模样惹得庄颖忍俊不禁。两人刚坐下来,迈克尔便请她随意点餐。庄颖看了一眼侍者呈上的菜单,仍抱着一丝希冀问道:"你们这儿有鸡豆花或者开水白菜吗?"

侍者难为情地摇摇头,"不好意思,女士。这两道都是国宴菜,我们这里没有。您看要不要来点别的?我们可以根据您的口味来调整辣椒用量。"

"好,那我要一盘宫保鸡丁、一盘鱼香肉丝、一盅带汤的水煮肉片,再来一份清炒时蔬和两碗番茄鸡蛋汤,记得全都少放或者不放辣椒。至于主食,就来一碗米饭和一碗土豆泥吧!"

"明白,请问二位需要酒水饮料吗?"

"一瓶'西岭雪'干红,谢谢。"

"好的,稍等,我们这就为您备餐。"

由于两人全程使用英文沟通,所以刚才的谈话内容迈克尔也都听了进去。他好奇地问庄颖川菜究竟有哪些名菜,为何还有辣与不辣之分。庄颖立刻滔滔不绝地给他科普蓉锦"上河帮"、渝州"下河帮"与川南"小河帮"的区别,以及不同派系的烹饪技巧从哪里缘起,又经过何种方式的借鉴与改良,变成了今天稳定呈现的四十余种形式。她看见迈克尔投来求知若渴的目光，于是转而讲述西南地区的酿酒历史，自然而然地把话题引到自家公司的发展历程和王牌产品上。

"说实话，我喝过那么多名贵的红酒，你家这款'西岭雪'干红的确品质上乘。"

"真的吗？上回在你家做客，我还没敢拿出来献丑呢，生怕它入不了叔叔阿姨的法眼。"

"亲爱的，你要对自家产品有信心，就像你与生俱来的自信那样。"

庄颖低头娇赧微笑，而后抬眸与他轻轻碰杯，"那我待会儿多买几瓶，请你代为转交给叔叔阿姨还有哥哥。如果他们问起来，你就说这是我家的明星产品，请他们笑纳。"

迈克尔轻啜一口，笑道："没问题，我想他们一定会像喜欢你那样喜欢这款红酒的。而且说不定我爸爸喝完以后，会去蓉锦实地考察呢！反正他一直特别关注中国的酒业发展。"

他的言下之意昭然若揭，庄颖也笑回道："那到时候你跟着一起去呗，我来做导游。"

迈克尔点点头，与她推杯换盏，一瓶750毫升的红酒很快见了底。庄颖尤不尽兴，又请了侍者呈上一瓶珍藏级别的"西岭雪"干红，继续痛快畅饮。迈克尔嘴上劝她少喝点，可只要庄颖低眉撒娇，便忍不住为她斟满一杯又一杯，直到醒酒器里一滴不剩，他才搀扶着已经五分薄醉的她回到车上。

他为她系好安全带，顺便附在耳畔低声呢喃："Angela，今晚去我的秘密基地吧？"

庄颖揉了揉酸胀的太阳穴，含着酒气痴痴一笑："好啊！我早就想见识一下了。"

听到答案的瞬间，迈克尔内心欢呼雀跃，可面上仍维持着基本的绅士风度。一路上，他踩着最大油门飞速回到他的秘密基地，搀扶着庄颖走进位于顶楼的常住房间。他先请她去跃层的卫生间卸妆洗澡，自己则在会客厅的温泉池里醒酒放松。一直等到庄颖裹着浴巾，披着满头湿发来到他身边，他才从水里像乌龟一样钻出来。

他忘了他们是如何在滚烫的空气中坦诚相见的，只记得她身上的肌肤确实如皇家瓷碗一般光洁可鉴，手感也好比天蚕丝缎般细腻柔滑。庄颖闭上双眼，感受陆续填满每个角落的那股暖流。窗外冷冽的寒风刺破暖靆重云，露出月牙儿与映着霓虹的一对彩星。街道两旁的青杉和白桦随风摇曳，寒鸦立在枝头吟唱颂歌，松枝的香味飘散在壁炉升起的袅袅炊烟里，好似透过窗缝钻进了她的鼻间。她在那些混杂的声音里捕捉到一缕若有若无的呢喃，带着早春融化的雪水从她身上潺潺流过。她浑身激灵，一如暴露在冰天雪地的游人在极寒过后拼命燃烧取暖。她彻底消融在熊熊烈火之中，变成了一摊鲜艳夺目的血水。

夜色渐浓，挂在天际的月牙儿晃了晃眼睛，把目光投向了几千公里外的另一场媾和。

王汉平趴在布满尘埃的木桌上，双腿踩着地上碎裂的瓷砖，双手向前攀住另一端刺挠的边沿，整个人如同浪涌一般前后耸动着。周遭扬起的粉末混合汗水，在他脸上冲刷出千沟万壑。他原本黝黑发亮的肌肤已被洗得煞白如纸，身后那些或长或短、或软或硬的皮鞭仍一刻不停地在他的后庭抽打着。

我不会就这么死在墨西哥吧？王汉平难以抑制地无声自问，却只听见身后那群变态疯狂的叫喊，还有其他几位同胞此起彼伏的惨叫。他绝望又倨傲地仰起头，月光透过仓库棚顶的缝隙照进来，刚好与他对上眼。只是天上那弯银钩的眼神过于冰冷，以至于他也感觉到自己的瞳孔正在一分一分地变凉。为什么？明明刚到厄瓜多尔那天，围绕自己的全是友好与善意，而到墨西哥以后，一切都发生了翻天覆地的变化。他身上除了一部手机和些许零钱，其余值钱的东西早就被飞贼抢得所剩无几。为了躲避帮派斗争，他和同伴们睡在天桥底下，稍微有点风吹草动，立刻成群结队地向北飞奔。他第一次体会到做难民的感觉。这一路上不仅吃不饱、穿不暖，连头发都因为长时间没法清洁，而结了一层厚厚的灰痂。好不容易找到一家限时供水的酒店，却听到让他难以接受的回答：

"Sorry sir, you don't have Chinese passports. Due to the regulations, we are unable to check you in."

王汉平用拗口的英文强辩道："But we are really Chinese！Trust us. Please sir！Please！"

迎宾员犹豫了几秒钟，随即找来大堂经理商量解决方案。经理决定给他们一次证明身份的机会，于是用英语告诉他们，可以马上给中国驻墨西哥大使馆打电话，只要大使馆在明天之内传回身份函件，酒店方面就接受他们的入住请求。众人面面相觑，最后以回车站寻找原件为由，灰溜溜地离开了大堂。

"没有墨西哥的入境记录，谁愿意送死啊？"王汉平挠了挠瘙痒的头皮，对准脚边的蚂蚁狠啐一口，"这苦日子，老子一天都不想过了！"

可是他心里清楚，从来发泄归发泄，赶路归赶路。他甚至会在熬不下去时，把自己比作前往西天取经的苦行僧，掰着手指头数这是经历的第几场磨难，仿佛只要内心越虔诚，抵达某国那天就会越快来临。于是他背起行囊，跟着大部队继续往前走。路过第三个巷口时，一群人高马大的本地居民围过来跟他们打招呼，听说他们在找酒店，便以民宿无须护照为由，把一行五人带到了这间废弃的仓库。

王汉平不知道另外四个人是逃走了，还是已经死了，总之现在回荡在耳畔的只有几句听不懂的西班牙语和"噗滋噗滋"的溅水声。作为自然界的雄性动物，他对这种声音的含义心知肚明——唯有在吃下渴求已久的猎物时，才会像现在这样报复式地随意玩弄。

他想起了刚去华南地区打工那段时间,在晃动着吊顶风扇的出租屋里,在那个闷热潮湿偶尔还有蟑螂组团爬过的夏夜,他把一个女人压在身下,从她的发梢开始一点点钻进那座深邃的洞穴。从见到她的第一眼起,王汉平就想探究她的秘密,不管是她口述的悲惨身世,还是她浑然天成的女性魅力。总之在工厂三班倒的日子里,只要想起她的身影和笑容,王汉平立刻像充满电量一般铆足劲儿干活。他甚至想早点攒够彩礼娶她回家,过上老婆孩子热炕头的生活。于是他更加卖力地用自己僵硬的舌头,在洞内搅和起翻天覆地的水声,抱着他痴恋了数月的爱人,一起奔向高山之巅。

大梦醒后,洞外了无春痕。王汉平瞥见干干净净的床单,顿时睡意全无,"你……你早就跟别的男人那个了?!"

她泪眼婆娑地点点头,而后委屈地解释道:"我也是被骗的,那个时候他说爱我……我就把自己交给他了。"

王汉平有些错愕,"那你爱他吗?"

她抹掉泪珠承认:"爱过。"

王汉平自问般轻笑一声:"你爱我吗?"

她急忙解释:"我爱的!非常爱!不然也不会跟你……跟你那个……你相信我!"

他的巴掌与怒骂同时落在她那张俏脸上,代替昨晚未曾出现的那片殷红,晕染出朝霞般炽烈华美的色泽。她捂住滚烫的脸颊微愣须臾,泪水再次不受控制地夺眶而出,"你不懂……我要吃饭,我要吃饭……"王汉平烦不胜烦,骂骂咧咧道:"一大清早就喊饿,果然是天生的贱货。老子再揍你一顿,把你喂饱就不叫唤了。"

他把她拎起来扔到餐桌上,从身后撕烂她的睡裙,然后用那条极度充血的长鞭挺进那一道道天堑似的关卡。每通过一关他就长啸一次,直到抵达终点。她被他折磨到半死,一股鲜血顺着腿缝缓缓淌下来,似乎只要抹断这根生命线,她便立刻气绝而亡。

"我要吃饭,我要吃饭……"她的啜泣声越来越小,最后滴落在回忆的深潭里。

那群说着西班牙语的鬼佬已经结伴离去,此时漂浮在木板上的求生者只剩王汉平一人。他的股间也流淌着鲜艳腥黄的液体,像一条蛇缠着他的大腿慢慢爬向地心,终于将他拽向灰扑扑的地面。

他面如死灰地倒在地上,月光咬碎了他的骨头。

十五

时近隆冬，月色愈发冰凉，落在人身上活像钝刀割肉，虽然看不见伤口流出的鲜血，却能让人痛到麻木。柳成铭想起自己刚来芝加哥时，每天都泡在办公室里写代码，根本无暇顾及头顶那一轮明月，即便与同事宿醉归来，也未曾注意地上被路灯掩埋的柔光。随着工作量逐渐减少，交际圈越来越狭窄，他的窗前突然挤来一抹皎白，吸引他不由自主地举头望明月。

他总对它说："不行，不能放任自己被边缘化，我一定要东山再起。"于是他屡次三番暗示主管领导，称自己愿意为项目组分忧解难，可得到的总是模棱两可的回答。他转而打电话给好友鲍勃，希望他能以引荐人的身份从中斡旋。鲍勃沉默片刻，跟他约定圣诞节下午两点半，在麦斯基金会的办公室面谈。柳成铭满口答应，生怕错过这次机会。

赴约那天，空中飘着鹅毛大雪，《Jingle Bells》的歌声响彻街头巷尾，商铺外墙上贴满了圣诞老人的主题海报，成群结队的孩童捧着麋鹿玩偶从他身旁蹦蹦跳跳地经过。柳成铭忽然想起十年前还在纽约大学做交换生时，自己和邱涵他们也见过这样热闹的场景，只是时过境迁，他早已从当初执掌人生棋局的妙手，变成了一颗可有可无的棋子。他摇摇头，拢住四散开来的思绪，钻进了那扇旋转不定的玻璃门。

"Lewis，好久不见！"鲍勃握紧他的双手，作势就请，"快坐！你想喝点什么？茶还是咖啡？或者要不要来一杯威士忌暖暖身子？"

柳成铭依言坐下，颔首道："不用麻烦，给我来杯热水就行。"

"没问题。"鲍勃支开身侧的秘书，"这下没外人了，有什么话你就直说吧！"

柳成铭开门见山："实不相瞒，同部门的印度佬都被调往秘密项目组了，我实在是不想赋闲。一则有降薪风险，二则……二则我担心这是裁员的前奏。鲍勃，你是我的入职引荐人，也是我多年来的好朋友，这次请你务必帮帮我！"

鲍勃轻拍他的肩膀安慰道："我就知道你在担心这个。放心吧，约翰知道以后，给了我一份秘密答卷，说是只要你全部解答正确，他就答应给你升职加薪。"

柳成铭一头雾水，"答卷？什么答卷？"

"我也不太懂，不过我猜多半跟你们的技术有关。"他从抽屉里取出一个信封递到他手上，"做完了就交给你的主管吧！这可是我好不容易为你争取来的机会，你千万别错过。"

句末三个字听得柳成铭心口一颤，连握紧信封的手都忍不住微微发抖。他先向他礼貌致谢，稳了稳声线才小心试探道："万一我答不上来呢？还能继续留在达菲科技工作吗？"

鲍勃嘴角的微笑突然僵住，"这是公司管理层的决定，我左右不了。不过你也别这么悲观，我相信身为千禧科技前董事会成员、中文互联网最有影响力的创业网红之一，你一定有能力应对自如的。"他略顿一下，"不是吗？"

柳成铭心里顿时涌起一阵不安的浪潮，不过须臾，他又强压住情绪点头回道："我尽力而为，如果有些答案写错了，也请管理层看在我这些年没有功劳也有苦劳的分上，对我网开一面吧！"

鲍勃向门口的秘书使了个眼色，把他递过来的水杯转交给柳成铭，"世界币爆雷那天我在以色列的特拉维夫开会，没来得及提醒你，是我疏忽了。要不这样吧Lewis，不管你最终答成什么样，我保证一定在约翰面前为你兜底。"

柳成铭直接放下水杯笑回道："谢谢你，鲍勃。事不宜迟，我先回家做题。"他站起来走到办公室门口，回头对一米开外的鲍勃说："外面天寒地冻，你不必送了，告辞。"

鲍勃顺水推舟道："那好，你回去路上小心，成为项目主管以后，记得请我吃饭。"

"借你吉言！"柳成铭礼貌地挥手告别，转身彻底消失在走廊尽头。

他离开麦斯大厦时,空中飞絮般的雪花已经变成了晶莹的盐粒。柳成铭踩着一尺深的积雪踽踽前行,心里的声音告诉他,此时应该立刻回出租屋干活,可是他的双脚却把他带到了唐人街7号的门口。或许是那一缕若有若无的麦香勾住了他的味蕾,他抬头看一眼门口的彩光招牌,径直走到贴满窗花的雅座坐下。侍者迎上来问他需要什么,柳成铭看了一眼中英结合的双语菜单,点了一盆铁锅炖大鹅和一盘原麦窝窝头。

"酒水饮料的话……给我两瓶'西岭雪'干红就好。"

"没问题先生,马上为您备餐。"

侍者走后,柳成铭从衣兜里掏出信封盯了好一会儿,才颤抖着双手将它打开。看见题目的瞬间,惊讶如同一阵悬在头顶的巨浪突然山呼海啸般砸下来,还在新加坡时就令他忐忑不安的预感终于从迷雾后面彻底浮现——他们想要的的确是稻谷集团注资后的核心技术。身为在商海沉浮数十载的创业者,柳成铭如何不懂这是自己最后的机会?只要抓住了,他就能彻底实现阶级跃迁,拿到梦寐以求的联邦绿卡。可是……结合单懿芳颇有深意的提醒,以及数月来不断被白人同事孤立的经历,他心底的希望越来越渺茫,甚至觉得鲍勃允诺的"为你兜底"也是一张空头支票。可笑的是见到庄颖那天,自己还意气风发地说终于等来了涅槃重生的机会,从此以后做个追逐梦想的联邦公民。

"先生,您的菜齐了,请慢用。"

侍者温柔的声音打断了柳成铭的思绪,他赶紧将手里的"最后通牒"连同信封一起塞回上衣口袋,低声回应道:"谢谢,酒我自己来倒,你去忙吧!"

侍者看了他一眼,转身默默离开。柳成铭先晃了晃醒酒器,随即往自己杯中倒入三分之一的红酒,抬起头一口气喝光。应酬练就的海量让他连续畅饮了三杯,终于在第四杯喝到一半时举手投降。他把酒杯重重地搁在桌面上,随手夹起一块窝窝头就往嘴里送,想尽快止住胃里翻江倒海的恶心感,可是他吞得越快,就越想往外吐出那些已经变味的苦水。

离开宁港那天,母亲张艳萍在电话里问他,是否真的决定出国避难。他点头轻"嗯"一声,说了句"您别担心",便准备按下红色挂断键。张艳萍赶紧唤道:"等等!妈给你寄点窝窝头吧!就当……就当是半路上拿来充饥的干粮。"

柳成铭心一横,"不用了妈,我已经到机场了。"

"那你……你还回来吗?"

他很想说"不回来",可是话到嘴边又变成了一句毫无底气的"我不知道"。

张艳萍没有听清,"什么?"

"没什么……"他急忙挂断电话,拉黑了母亲的所有联系方式,生怕哪天那双粗糙如麦皮的手再动摇自己拼命逃亡的意念。现如今他终于明白了,一个人能改名换姓、改头换面,甚至连本心都能舍弃,但打小受过食物滋养的味蕾只会默默沉睡,只待某天被异国他乡那缕熟悉的麦香唤醒。

"你怎么了?"

柳成铭轻轻怔住,连忙咽下还未嚼碎的窝窝头,抬眼看着餐桌对面的故人——那是他多年未见的天使投资人吴舒宁,也是"千里共婵娟"的幕后老板。他顾不上自己的形象是否狼狈不堪,条件反射似的起身弯腰握手,"吴先生,您怎么来了?幸会,幸会。"

吴舒宁赶紧请他落座,笑答道:"我从纽约过来视察芝加哥地区的分店。刚才给你上菜的服务员在之前的好几次商务活动中见过你,她来办公室跟我说柳先生在咱们餐厅用餐,我原本不信,没想到出来一看,真的是你。"

柳成铭讪讪一笑,"是啊,我跟先生向来很有缘分。您对我们的知遇之恩,我永生难忘。"

吴舒宁顺水推舟道:"既然是恩人,那我能不能知道你这次来芝加哥做什么呢?"

"我来……"柳成铭有些犹豫,"我来这边工作。"

吴舒宁了然于心,却把话题转向自己,"那你知道我当初来这儿做什么吗?"

"您当初……我听邱涵说,您是来这边赚钱的。"

"对,我为了给母亲治病,不得不背井离乡。虽然最终没能尽孝,但我心中无愧。"吴舒宁接连往两人杯中倒酒,"既然你敬我是你的恩人,那我再跟你分享一句心得体会吧!或许等你想明白为什么来大洋彼岸的时候,就不会像现在这样魂不守舍了。"他端起面前的酒杯向他示意,"来吧!一起干一杯,就当是提前庆贺新年。"

柳成铭赶紧举杯回礼道:"多谢吴先生教诲,我会好好品悟的。"

吴舒宁轻"嗯"一声,向他抛去分外欣赏的目光,"人生美事无外乎'久旱逢甘霖,他乡遇故知',既然如此,就再来几个菜吧!咱们好好吃一顿。"

柳成铭本想推辞,可等他说完,又鬼使神差地点了点头。酒过三巡,他向吴舒宁说起自己和邱涵的友谊如何破裂,来芝加哥以后大概经历了什么,目前有哪些新的人生规划。他唯独掩去了喝闷酒前深重的惶恐,或许那正是问题的答案,只是他现在毫无头绪,更不知应该如何表达。吴舒宁看透他的所思所想,却只做安静的倾听者,对他口中的一切既不追问也不评价,一直陪他聊到饭店打烊,才在雪夜里拥抱分别。

翌日,芝加哥市气象中心连续发布了数条寒潮蓝色预警。往后二十多天里,雪花时常断断续续地飘向大地,一层堆积一层,如同盖了一条厚实的羽绒被。

由于积雪颇深出行不便,再加上临近期末课业压力巨大,庄颖干脆带上洗漱用品住进了实验室旁边的小单间,只为尽快取得符合要求的数据,写完本学期的结业论文。她在社交软件里对迈克尔说"夫妻小别胜新婚",迈克尔当即撒娇卖萌表示理解,并告诉她自己也要准备结案报告,可能只有月底几天才能抽空见面。

"那亲爱的,咱们月底见!"

"没问题,到时候一起去唐人街吃饺子!反正中国新年也快到了。"

庄颖吻了吻屏幕,随后放下手机投入繁重的学业中。在此期间,凯琳导师还经常拿她的少女心思开玩笑,感慨她认真且专情。组内的同学们则在课余时间当面催婚,羞得庄颖承认不是,否定也不是。

紧张又和谐的氛围就这么持续到 2023 年的 1 月 19 日。此时离春节还有两天,尽管天空依旧阴沉,路面也还有未融化的积雪,凯琳仍给庄颖准了一天探亲假,让她回家好好休息,顺便替自己向老同学刘晓慧问好。庄颖欣喜若狂,跨上背包就往校门走。她拿出手机打开 Whats App,找到置顶对话框准备发送放假信息,可转念一想,为什么不能给他一个惊喜呢?反正自己也有"秘密基地"的门卡副卡,到时候直接去那儿洗澡放松岂不妙哉?于是她按灭屏幕,伸手招来一辆出租车,悄悄前往那座承载着美好回忆的帝国大厦。在电梯里揽镜自照时,她甚至已经做好今晚持续缠绵的准备,幻想两人一见面就如同干柴遇上烈火,迸发出炽热的、足以将人吞没的能量。

"滴——"一声开锁音后,她猛然推开门,"亲爱的,我来啦!想我了吗?!"

温泉池里互相缠抱的身影被她的出现吓得双双丢了魂。还是金发碧眼的女人反应快,立刻钻入水中用手捂紧胸口。迈克尔已然明白过来,他随手捡起池边的浴巾裹住下半身,回头略显慌张地说:"Angela,你……你不是在做实验吗?怎么过来了?"

庄颖的双脚像灌了铅一般只能定在原地,可心里却迸发出十足的能量——那不是想象中的欲火,而是一股足以将她烧透的愤怒和一阵强烈的屈辱。她深吸一口气,指着他的鼻子恨声问道:"你在做什么?水池里的女人是谁?!"

"她……她是我的——"

迈克尔话音未落,女人急忙抢白:"我是他的'乌克兰酒杯'。如果我没猜错的话,你就是那个'中国瓷碗'吧?来都来了,不妨加入我们,我不介意跟你共享这个美妙的夜晚。"

"你闭嘴!"庄颖近乎疯狂地尖声叫嚷,"什么酒杯?什么瓷碗?我是他的女朋友!"

迈克尔赶紧穿上拖鞋来到她身边,拥着她的肩膀劝慰道:"你冷静一下,听我跟你解释。"

庄颖甩开他的手,倨傲地咬紧后槽牙,"你可以解释,但我现在不想听,更不想跟你们玩什么龌龊的游戏。我要回家了,恕不奉陪。"她把那张黑色副卡扔在他的脚边,像甩掉沉重的包袱那般,果断转身摔门离去。

迈克尔没有匆忙跟随,庄颖也不曾停下脚步。跑出酒店大堂的瞬间,冷冽的北风迎面刮来,暖气被它无情吹走,庄颖眼里的热泪终于不受控制地夺眶而出。哭到动情处,她扶着路边的花坛干呕,竟然把早上喝过的咖啡全都吐了出来。好心的迎宾员见她面色惨白,赶紧走过来问她是否需要帮忙。庄颖摇头婉拒,自顾自叫了一辆出租车返回租住的套间公寓。

刚一进门,她就扔掉随身背包直接倒在床上。巨大的眩晕感如海啸再度袭来,一并带起了屈辱、失望、愤恨和不甘等层层巨浪。她如临大敌,亟须躲进父母怀里,释放这种从未经历的复杂情绪。可是无论她呼叫庄海潮还是刘晓慧,电话那头传来的永远都是"您所拨打的电话暂时无人接听"。她抱着最后一丝希望拨通了司机刘叔的工作号码,却听见刘叔说:"大小姐,总裁正在集团大楼陪同市领导参加慰问活动,等他的工作结束以后,我请他回电话。"

庄颖心里纵然非常失落,仍礼貌地回道:"麻烦你了刘叔,祝你们全家新年快乐。"

她挂断电话,眼泪顷刻间翻涌而出,直将她淹没在湿漉漉的梦魇里。

十六

第二天早上,庄颖在刺眼的阳光中醒来。她揉了揉酸胀的胳膊,第一时间打开手机查看社交软件。不过奇怪的是,无论迈克尔还是父母亲,都没有给她发来任何形式的消息,只有一些关系不错的大学同学顾念时差,送出了除夕之夜的祝福。她和他们简单客套几句,随后在一家三口的群里连发两句"新年快乐",才拿上换洗衣物与护肤用品返回学校实验室。

纵然心里十分委屈,庄颖也未曾表现出分毫。她依旧每天和同学们夜以继日地查资料、做实验,以此转移自己对那恶心画面的注意力。大年初三那天,庄海潮与刘晓慧给她打来新年电话,不过他们没聊多久,便因为双方都有要事在身而匆忙挂断。每次和师门结伴去学校食堂用餐,庄颖总刻意避开国际法系的下课时间,即便看见迈克尔就站在不远处,也装成陌生人迅速离场。冷战成了她最称手的武器,一直到寒假来临,她才肯接迈克尔打来的电话。

"Angela,我在你家门外,开开门。"

庄颖明知故问:"找我什么事?"

迈克尔急切地摁下门铃:"我来找你澄清误会,请不要生气好吗?"

庄颖面无表情地打开房门,几乎同时又抬手将他拦在门外,"你不准进来,要说什么就在门口说,反正邻居们都不在家,不会影响别人休息。"

"好好好,我就在这儿说。"迈克尔上前一步,认真凝视她的双眸,"Angela,我也不瞒你,那个所谓'乌克兰酒杯'是我另一个女朋友。不过我可以保证,她在我心里的地位没有你高。如果你能接受的话,我们就继续在一起。"

庄颖听见了一个惊世骇俗的笑料,自己也忍不住嗤笑出声:"你当现在是中国的大清朝吗?我为正妻,她为妾侍?还是说芝加哥的'老钱'们都特别推崇这种开放式关系?"

"不说百分之百,至少我身边的朋友都是这样。"

"那你追求我的时候,为什么不提前说清楚?"

"我以为既然你都来芝加哥了,并且有移民的打算,想必你肯定能接受我们的性价值观。"

"我不接受!"庄颖赌气似的回道:"我绝不会原谅任何实质性的出轨行为。"

迈克尔有些错愕,连表情都变得玩味起来,"你居然真的不是'便宜女孩'?我以为你比我更加开放,还打算给你介绍几个新男友一起玩。我们可以各自——"

他话音未落,清脆的巴掌声就在走廊上如惊雷般炸响。庄颖紧紧咬住发酸的后槽牙,在泪水即将决堤的瞬间,把还没回过神来的迈克尔推出半米远。她随即"砰"的一声重重关上房门,转身靠着冰凉的门沿缓慢坐下。熟悉的脚步声逐渐远去,空气中只剩下北风呼啸声和汽车轰鸣声还在庄颖的耳畔回响。她忆起两人从相识到相爱的过程,忽然欲哭无泪。短短半年的回忆竟如泡影般一戳就破,可到底是谁一手造就的这场错爱?她没有答案,只能痴望着窗外灰蒙蒙的天空,任由思绪随复杂的心情逐水而去。

"砰砰砰——"不知过了多久,又一阵敲门声连续响起。

庄颖转头怒吼:"说了让你滚,回来干什么?"

"Angela 小姐,您的快递包裹到了,请您亲自查收。"

"快递?"庄颖赶紧起身开门,打量着快递员手中的方盒子,上面没有寄件地址和寄件方的个人信息,只有收件人这一栏填着限定保密范围的联系方式。她以为是父母千里迢迢寄来的国际包裹,于是签完字以后便迫不及待地关门拆快递。撕开包装纸的瞬间,庄颖看见盒子里躺着一个几乎和自己长得一模一样的芭比娃娃,这是半年前迈克尔带她去芭比总部定制的见面礼,如今成品终于来到她身边。她盯着那张脸,先是仰头苦笑几声,随后挤出两行酸涩的眼泪,再把它们酿成炽热的岩浆从血脉里喷涌而出。

"哐啷——"她对准墙角把礼盒外层的玻璃砸了个粉碎,芭比玩偶的零件也被她摔得七零八落，散在一堆晶莹剔透的碎片里。她又走到梳妆台前，扯断了迈克尔送她的珍珠项链和他父母赠予的一套高定珠宝。难怪他为自己戴项链时动作如此熟稔，难怪他的床上功夫如此精到，难怪他哥哥约翰听说自己没有恋爱经历时，会露出意味深长的笑容……她忽然想起那些被她拉黑的"劝分小号"，里面说不定还有更多切实有力的证据，来证明迈克尔就是一个彻头彻尾的人渣。可是自己当初完全被荷尔蒙支配，连静下心来分辨好歹的耐心都没有，只想着跟他颠鸾倒凤、共登极乐。

这些细节在庄颖的脑海里连成一张致密的蛛网，她像一只被它囚禁的飞蛾，只能一动不动地看着满地还未收拾的残局，喃喃自语道："骗子……你们都是骗子！骗子……"

不知过了多久，她再也坚持不住，坠坐在地毯上失声痛哭。朝阳从云缝里探出半个脑袋，窥视着少女狼狈不堪的身影，让穿堂而过的晨风代替它发出了一声微不可闻的叹息。

就在她陷入绝望之际，王汉平已经半只脚跨入了心中的圣域——得克萨斯州。尽管那天晚上之后，他又在半路上破财两次，还目睹同行的伙伴因为感染某种变异病毒不治身亡，可他依旧满不在乎，没日没夜地奔波，只为有朝一日能够踏上那片"应许之地"。

现在，他终于彻底钻过这道边境墙的缺口，如愿以偿挺直了佝偻的腰板。他看着眼前荒芜的旷野和宽阔的高速公路，抑制不住地仰天大笑，高呼"自由"。随行的同伴提醒他此地不宜久留，稍不注意就能碰上在边境巡逻的移民警察。于是他赶紧捂住嘴巴，按照之前考察过的路线，偷偷溜进了小镇中心。

这里被他们誉为新地图的打野点，适合所谓的"基础玩家"囤积物资。王汉平摸了摸空瘪的肚皮，径直推开一家面包店的大门，在里面来来回回转悠了好几圈。店主送走其他顾客以后，发现他一直没有购买行为，便拿起托盘走过来问他需要什么。

王汉平的脸上闪过瞬时的慌乱。他迅速扫一眼货架上的商品标签，指着自己勉强能够消费的甜甜圈说："请给我来半打原味的。"

店主微笑点头，往托盘里夹了六个相对新鲜的甜甜圈，返回收银台与他一手交钱，一手交货。王汉平喜出望外，转身拿起塑料包装袋一路狂奔。他直接跑到高架桥的人行道上，一边啃食刚买的甜甜圈，一边举起手机对准镜头录制心得体会。

"你们知道吗？我原本只要五个，店主免费送了我一个，而且一共只要12美元哎！"

"这半打甜甜圈真是好吃！我就从来没有吃过这么美味的糕点！"

他把镜头转向桥底的高速公路和远处点缀着沙棘与仙人掌的荒漠，深吸一口气后，终于说出了那句心里话："怪不得总有人说这里的空气很香甜，我深有同感！哈哈哈，你们闻不到吧？是谁羡慕了,我不说!"

他切回自拍模式絮絮叨叨:"想当初俺的偶像柳成铭转发力挺'春城女神',被一帮网络暴民追着骂了三天三夜,从文学角度解释他们也不能接受,真是脑子有毛病。"他指着镜头露出极为挑衅的微笑,"黑子们听好了啊,爷爷我到了你们永远来不了的地方,玩泥巴去吧!"就在他演得尽兴时,身后的同伴边跑边喊:"快跑!快跑!移民警察来了!"

王汉平赶紧关掉镜头,把没吃完的甜甜圈全部塞进嘴里,扔掉包装袋就跟着队伍一路飞奔。移民警察骑着摩托车在他们身后猛追,见他们跳进灌木丛中躲藏,便直接摆阵将其团团围住。为首的长官朝天空放了几枪,用蹩脚的中文喊道:"出来!不然杀了。"

他们只在新闻里听说,移民警察追捕罪犯时经常清空弹夹,哪里亲眼见过这种阵仗。王汉平双手抱头,第一个起身慢慢往前走。他弯着膝盖尽量不让自己跪下,可还是被一名警察踹倒在地。腾起的细沙迷了眼睛,王汉平吃痛不已,又不敢挣扎,只能任由移民警察给自己戴上手铐,像拎小鸡一样把自己扔进了囚车。周围的数十名同伴也无人幸免,纷纷跟他一起来到了得克萨斯州的移民局监狱。

"这是什么运气,刚到得州就直接蹲局子了。"

"你就庆幸吧,这里好歹管吃管喝。"

"笑尿了,我不如直接蹲中国监狱,那里吃得更好。"

"我蹲过几年,也就一般吧!倒是经常在狱友洗澡时捡肥皂,那个刺激。"

听见"捡肥皂"三个字,一直没有参与对话的王汉平,突然像被高压电线电到一般,直接跳了起来。同伴们盯着他哈哈大笑,更有甚者直接调侃:"喂!你是不是捡过肥皂啊?"

"再说一句试试?!"王汉平怒不可遏,揪起那人的衣领照脸就是一拳。两人很快扭打在一起,周围人生拉硬拽也无法将发狂的王汉平彻底拉开。巨大的动静引起了四名狱警的警觉,他们拧开房门冲进来,对着打架和拉架的人,一人给了一套拳脚。

"Shut up ! Asian animals !"

王汉平靠在墙上大口大口地喘着粗气,纵然心里怒火滔天,也只能低头看着地板,极力避开狱警们犀利的目光。为首的长官又恶狠狠地叮嘱几句,警告他们不许再生事端,否则统统以间谍罪就地正法。众人唯唯诺诺地点头答应,原本在旁边看戏的两名高才生用流利的英文替大家担保致谢,好声好气地送走了四名狱警。人群中不知是谁小声嘀咕了一句:"会英语了不起吗?"两名高才生也只说"散了吧,大家好好休息",便不再理会任何人。

王汉平也靠着墙角的床铺躺下。不到半夜,鼾声此起彼伏,他被吵得睡不着觉,只能盯住天花板的缝隙逼自己入睡。第二天一早,狱警果然送来了饭菜,不过都是成色很差的汉堡和鸡块,像是在冰箱里冷冻许久的预制菜,拿出来反复加热后的味道。他们以为午餐和晚餐能好吃一些，没想到也只是土豆泥和胡萝卜打底，偶尔有些一锅乱炖的浓汤，也散发着令人难以下咽的味道。他们就这样连续吃了一周，两名高才生终于忍不住了，尝试用英文和狱警沟通，表示大家都希望能吃点好的，只要他们肯提供帮助，哪怕花点钱开小灶都成。

狱警脸上露出难得一见的笑容，"You will soon be free, and we will send you to Chicago to experience the bustling life there."

"For free?"

"Absolutely no! Each of you is required to pay a transportation fee of \$100."

"When?"

"Tomorrow morning. Almost 7: 00 am."

"Thank you, sir."

"You are welcome."

狱警放下饭盆，关门离去。众人立刻围过来问东问西，两名高才生只能把狱警的原话翻译一遍，同时提醒大家每人准备100美元做前往芝加哥的车费。兜里只剩几个钢镚的人顿时惊慌失措，转头求爷爷告奶奶地找同伴拆借。局面很快乱成一锅粥，不过有了上次被狱警"修理"的经验，这次大家都极为克制，生怕弄出一点动静又白挨一顿暴揍。王汉平庆幸自己被抢过几次后，已经学会把钱藏在飞贼摸不到的地方，于是他用废纸堵上耳朵，转身安心睡去。

第二天清早,狱警长官把一行人叫到监狱外面集合。王汉平悄悄松开裤腰带,从内裤夹层里抽出两张五十美元攥在手中。他们几乎都是轻装上阵,没有携带大件行李,于是等大巴一停稳,长官立刻边数人头边收钱,确认没有遗漏后,又催着他们上车坐好。他附在司机耳畔叮嘱几句,心满意足地下车向他们挥手道别。

车上的人也陆续向窗外挥手致意。等车上了高速公路,他们又三三两两地凑在一起展望未来,一边说一边翻出国内社交 App,分享自己的传奇经历。王汉平只把前段时间拍摄的吃播 Vlog 分享到"脸书"账号上。自从偶像柳成铭被网络暴民"诬陷"以来,身为"死忠粉"的他就再也不看微博的任何信息,所以听他们聊起什么热搜榜单时,他也只当什么都没有听到。

"哎哎哎!你们看哪!有条消息爆了!"

"什么什么?又是哪个明星出轨了?"

"不是明星。你们看,有个女研究生实名举报川华大学的刘晓慧教授,说她在十年内大搞学术腐败!恶意骗取国家的科研经费不说,还通过她女儿庄颖向大洋彼岸输送科研成果!"

王汉平无比震惊,直接起身夺走前座的手机仔细阅读举报微博。看到那些带着防伪水印的文件照片时,他脱口而出:"我去,这不会是真的吧?"

十七

这是真的吗？

庄颖盯着手机屏幕看了半天，才鼓起勇气打开自己的微博评论区，果然发现它已经被成堆的侮辱和谩骂攻陷。那些刺目的字眼犹如蝗虫过境，庄颖顿觉呼吸滞涩，头皮发麻。她赶紧切换屏幕拨打母亲刘晓慧的号码，可无论打多少次，电话里的回音不是"无人接听"，就是"无法接通"，打给父亲庄海潮也是同样的回应。

"不行，不能慌。"她深吸一口气，翻出刘叔的私人号码，满怀期待地按下拨出键。

"对不起，您所拨打的电话已关机。Sorry, the phone you are calling is turned off……"

"关机了……难道……难道家里真出事了？"阒然间，似乎有根支撑她的精神脊柱被上苍无情抽走，庄颖浑身瘫软，直接背对沙发重重地跌坐下去，像一条上岸后垂死挣扎的鳗鱼，就这么奄奄一息地瘫倒在湿漉漉的软垫上。或许是手腕上的肌肤触到了一层凉意,她很快摸了摸沾湿的袖口,惊觉自己刚才倒下来时,竟不小心碰倒了边几上的酒杯。自从遭遇情感挫折以来,她一直没有办法安稳入睡,几乎每晚都会喝上几杯红酒助眠,而这一杯正是昨晚喝剩下的。她条件反射似的弹起来,忽然想到还有一个人可以问——前段时间主动关心她失恋状况的"佛手柑"。她打开两人的对话框,迅速发出一行字。

"柑哥,你看见网上那些舆论了吗?"

"佛手柑"第一时间回复她:"我看见了,你打算怎么回应?我来配合你。"

庄颖委屈又错愕,连打字的手都在颤抖,"这事儿我做不了主……你能不能帮忙联系我的父亲,我想听听他的意见。"

"你怎么确定我能联系上呢?"

眼泪顺着庄颖的脸颊簌簌滑落,"我不确定,但是现在只要有百分之一的希望,我都要尽力一试。柑哥,你向来神通广大,请你帮帮我。"

屏幕上显示"对方正在输入",庄颖赶紧抹了抹眼泪,企图第一时间看清"佛手柑"的回复,谁知半晌后跳出来的竟是一句令她万分震慑的话:"Angela,你先如实回答我,你是否将川华大学国家级保密项目的实验数据传递给了你的导师凯琳·约瑟夫?"

她眨了眨眼睛,仍有些错愕,"你这是在怀疑我吗?"

"我向来大胆怀疑,谨慎考察。况且在决定帮忙之前,我必须摸清目前的状况。"

庄颖顿觉不寒而栗,"你是谁?你不是'佛手柑'本人吧?"

对面长久无言,庄颖却不愿放弃最后的机会。她目不转睛地盯着手机屏幕,主动发出三个缓解气氛的表情包,甚至连续拍打电子头像提醒对方,终于等来另一道晴天霹雳。

"Angela,我只能告诉你,根据可靠消息,你的父亲庄海潮也在今天被双规了,你们家司机现在也是蓉锦市反贪局的调查对象,没人知道他们在什么地方,我帮不上这个忙。"

"你说什么?"庄颖喃喃自语,慌不择路地点击"语音通话"按钮,却被"佛手柑"直接挂断。她还想再次呼叫,对面却先发来一条消息:"丫头,如果你不小心做了违背国家利益的事情,还请你马上办理手续,带着材料回国协助调查,这样你妈妈或许还能少判几年。"

"少判几年?"明明每个字都是中文,对庄颖来说却像上古时期的符咒,随着难以言喻的心潮从她周身的每个毛孔里渗出来。悬在头顶的巨浪就这么奔流直下,直将她的思绪淹没殆尽。此时此刻,她的肉体仍漂浮在空虚的海面上,灵魂却随波荡漾不知去向何方。

庄颖果断拎起茶几上刚开封不久的白兰地,往波尔多杯里倒了大半杯。这么做并不符合品酒礼仪,但她已经顾不上这些繁文缛节,只想赶紧把自己灌醉,以长眠不醒。

"下面插播一条时事新闻。2023年3月7日,西酒集团党委书记、董事长庄海潮因涉嫌职务犯罪被检察机关依法调查。据悉,庄海潮曾在上个世纪90年代'停薪留职'期间利用职务之便巧取豪夺,非法侵占时值200万元人民币的国有资产,近十年亦多次利用妻女的海外身份转移非法收入,给国家造成巨大经济损失。现予以追究法律责任并查封所有个人财产。"

微博舆论顿时炸开了锅,从她父母到她自己,短短半小时内上了十条大爆的热搜。由于后援会会长"佛手柑"已经彻底消失,其他几位副会长也都是涉世未深的黄毛小丫头,于是当铁杆粉丝们在群里吵得不可开交时,这些等不到庄颖回复的乌合之众便一哄而散,纷纷涌入她的账号评论区"脱粉回踩"。

"这一年你爹给你转了不下两个小目标吧?平时看你装得跟二五八万似的,这下终于露出马脚了!资本的走狗!人民的蛀虫!怪不得那么崇洋媚外呢!"

"没错!爹妈都是妥妥的卖国贼,两根歹竹还能冒出好笋吗?真恨我以前看走眼了。"

"别以为你躲在国外就能逍遥法外,资本主义社会有资本的玩法,你就等着被收拾吧!"

"突然觉得你抽奖送我的Gucci包好丑,怎么办?现在出二手也没人要。"

"……"

庄颖最后看了两眼,直接把手机扔到床上。她拎着手里喝到一半的白兰地，踉踉跄跄地走到窗边，俯身望着楼下空寂的街景。她想起去年暑假柳成铭经历的那场网暴，其可怕程度跟自己目前比起来也不遑多让，只是当时她还能若无其事地观看现场直播，和父母一起评判因他而起的各种事情，而今却要独自面对全世界的恶意。它们来势汹汹如同发疯的恶犬，直接扑进怀里拼命撕咬她身上的血肉。庄颖感觉自己快被它们咬碎了，于是赶紧靠在窗框上，眯眼瞅着因为气温升高不断从房檐缓慢滑落的冰凌——那个赤裸、残忍又不乏温情的现实世界，仿佛也正随着逐渐消融的冰雪，在这片土地上冉冉升起。

她恍然想起远赴江口办理留学签证那天，司长在外交部新闻发布会上，对某些政客挑衅中国主权的行为做出了有力回击。当时的她就像八音魔盒里的小陶人那样，突然从底座上弹起来，盯着这个极为陌生的世界——原来命运早就在她头顶打了个闪，只是当时的她还沉浸在童话世界里浑然不知。

庄颖苦笑不止，往嘴里灌了两口闷酒，企图闭合身上已经崩裂的无形伤口。可是她喝得太快，一口刚咽下去，强烈的灼烧感便从胃部顶入食道，又以闪电般的速度钻进喉咙，接着"哇"的一声，她直接把灌进去的酒液和早上喝过的稀粥吐得一干二净。

她顾不上地毯有多脏，直接倒在那一摊污秽旁边沉沉睡去。

再度醒来时，已经是第二天下午四点半。身旁的污秽在暖气作用下已经干成奇形怪状的硬壳，空气中弥漫着浓烈的酒气和腥腐的酸味。楼下的喧闹声吵得庄颖头疼欲裂，她不得已揉了揉酸胀的太阳穴，抬头瞥见马路对面的街坊邻居都站在自家阳台上，对楼下那条马路指指点点。好奇心驱使她艰难地爬起来，撑着宿醉未醒的身子来到窗边。不过她没有推开窗户让新鲜空气涌进来，而是轻轻掀开白纱窗帘的一角，窥视着楼下那辆从未见过的白色大巴。

它的车身上绘着浅金色的"得克萨斯州旅游公司"英文全称，可是从车里鱼贯而出的没有一位白人游客，全是陌生又熟悉的亚洲面孔。那些人的肩上都背着帆布包，身上的衣服也基本破破烂烂的，面孔倒是有种超乎寻常的精神——至少跟现在面如死灰的她比起来。

她本想转身就走，可没想到一个身影突然闯入她眼帘。

"王汉平？"

庄颖虽然早就在网上与他产生过交集，但第一次看见他本人，还是在 2021 年。当时整个世界都处在"黑天鹅"期间，不少人收入锐减，他为了给身患重病的母亲索要手术费用和日常营养费，曾在集团西北地区工会主席的陪同下，来蓉锦市总公司找她爸爸，也就是西酒集团的董事长庄海潮面谈。那天她正好没课，便来公司等爸爸下班回家。当时的行政楼下也聚满了群众，庄颖放下书本好奇地来到窗边，透过窗帘缝隙的一角，窥见了王汉平那张抬头相望的脸。

"真的是他。"

庄颖看着时隔两年同样与她四目相对的旧人，着急忙慌地转身离去。

王汉平发现她的身影已经消失在窗边，嘴角不禁泛起一丝胜利的浅笑。他收回目光俯身跪地，对准灰扑扑的青砖献上轻柔缠绵的深吻，如同信徒亲吻神父的脚趾，恭敬且虔诚。同伴们见他这么做，也纷纷效仿。此举引得阳台上的看客哄堂大笑，语气也从一开始的不解变为如今的调侃和嘲弄。

等他们行礼完毕，司机才让两名高才生告诉他们，往左走两个路口，是芝加哥最富饶的社区之一。那里不仅工作机会多，时薪下限也是所有城区最高的，足足 80 美元。众人欣喜万分，连忙向司机挥手致谢，一齐目送他掉头往东驶向另一个路口。

几乎是他前脚刚走，接到居民报警的警察就拉着警笛，开着警车呼啸而来。王汉平刚撒丫子跑出几步，便想起十几天前被移民警察踹倒的经历。再加上当地警察经常清空弹夹，拒捕的话自己估计小命不保。于是他很快停下脚步，用眼神暗示周围同伴也立刻乖乖抱头蹲下。

为首的长官挥动警棍叫嚣道："This is a private house, and you have no right to trespass!"

其中一名高才生赶紧把话翻译给同伴们听，意思是这里属于富人街区，他们没有经过许可不能擅自闯入，必须马上离开。另一名则用举手投降的姿势缓缓起身，无比诚恳地表示所有人都不知道内情，是得克萨斯州包车把他们送到这里来的。

"I know, get out of here! get out of here!" 他一边不耐烦地低吼，一边指挥属下用警棍把蹲在地上的非法移民全都撵起来，"The gang colony is where you belong, Asian animals."

两名高才生面面相觑，不知如何翻译才能既不触怒满眼疑惑的同伴，又能赶紧遵从指令号召他们集体离开。关键时刻还是王汉平站出来说："老条子让俺们搬到郊区，走吧，别愣了。"

人群中立刻有人随声附和："有道理啊！你们看这些房子修得多好，咱们赖在这里也住不起啊！走吧走吧！都走！都走！"

也有人表示担忧："两位高才生，这哥们没唬人吧？"

面容相对俊秀那位赶紧笑道："没有没有，这位警察的确希望咱们搬到郊区，只是他用词比较粗俗无礼，我们念课本的没有反应过来。"他看向王汉平，"还是这位大哥明白。"

王汉平淡笑两声当作回应。其实他和这群人是在经历过"墨西哥浩劫"之后，才相遇并决定同行的。原本没什么交情的他们，经过得克萨斯州的磨炼产生了短暂的友谊，如今竟在同等状况下萌生出心照不宣的默契。不过此时此刻，他没空去深究这些微妙的情感变化，只想赶紧离开这帮手持枪械随时可能发作的警察。于是他第一个站起来，往警察长指引的方向快步前行，其余人等紧随其后。

越靠近所谓的"gang colony"，他们心里越毛骨悚然：原本栽种着名贵草木的花坛变得光秃秃一片，大大小小的针头倒插在泥土中，空气中弥漫着酸臭刺鼻的气味，地上的尿渍和屎垢也随处可见。王汉平恍然大悟，这不是什么郊区，而是名副其实的黑帮聚居区。

"不要紧，我一定能在这里混得风生水起！"

他沉声低语，仿佛在偷偷地给自己打气，心里也开始盘算打入敌人内部的方法。按照电视剧的经验，他们需要集体递交一份投名状来博取中间人的信任，然后通过这位中间人向上结识帮派的老二或老三。光是这两步大概需要花费几个月甚至几年时间，直到帮派话事人之一的小头目将他们纳入信任范围，才能寻找机会向老大介绍这帮小弟姓甚名谁。

可实际上还没等他们走到混乱街区深处，仅仅是"管中窥豹，可见一斑"，就有叼着烟头的黑皮小混混用审视猎物的目光盯着他们。王汉平顿觉如芒在背，如鲠在喉，可仍强作镇定和他们四目相接。其余同伴都被吓破肝胆想转身折返，回头却猛然看见刚才那群警察仍荷枪实弹地站在不远处，仿佛古代两军兵刃相接时，专门守在后方砍杀逃兵的血滴子。他们只好硬着头皮挤在一起，艰难地往前挪动步伐。

王汉平嗤笑不止，心料这群只会窝里横的蠢货终于露出了庐山真面目。一位带着墨西哥血统的青年男子见他笑得如此开心，主动走上来揽住他的肩膀,用英文问他们从哪里来。

王汉平看着这张与那些施暴者相差无几的男人脸,一阵恶寒忽然自心头涌起。不过他始终不敢在对方面前表现出来,于是深吸一口气,强作镇定道:"We are from China."

"China?"混混若有所思地点了点头,"I'm the personnel manager of the Ptolemy Rental Company, and you haven't found a job in the United States just now, have you? Why don't you come to our company and try it?"

他的英文腔调带着一股独有的墨西哥风味,王汉平赶紧请来已经被吓得魂不守舍的两名高才生,好声好气地请他们帮忙翻译。面容相对俊秀的那位最先回过神来,冲这位青年男子点了点头。另一名高才生也参与进来,表示自己可以代表大家与他沟通。王汉平终于得以挣脱怀抱,迅速挪到了队伍的最右边。

不出片刻,他们便把有效信息转述给在场所有人:"这位先生是托勒密出租车公司的人事经理,他说他们公司正在招华人司机,既然咱们今后都得在芝加哥'讨口子',与其去华人餐厅打黑工刷盘子,不如做网约车司机来钱快。大家觉得怎么样?"

王汉平听完立刻在心里合计,"什么公司?靠谱吗?"

"我刚才也向他表达了疑惑,他说可以先带我们去参观公司总部,满意的话再谈入职。"

"总部在哪儿?"

"往前走两条街就到。"

人事经理主动指了指不远处的托勒密大厦,众人你一言我一语地来回掰扯,迟迟无法得出定论。两名高才生向王汉平使了个眼色,他立刻会意道:"他俩读书多见识广,肯定不会骗咱们。再说了,人家经理也没有强买强卖,看看不吃亏。走吧!大家一起去!"其余人等听他这么一说,加上两名高才生一唱一和,终于决定放下戒心跟上他们的步伐。

到达托勒密出租车公司的总裁办公室时,王汉平看见一位满头银发,叼着烟斗的老人正靠在沙发上闭目养神,他身后还站着一位俊朗清秀的华人翻译。人事经理向翻译使了个眼色,便关门离去。翻译附在老人耳畔,用西班牙语跟他说:"新货到了。"老人吐出一圈浓烟,睁开双眼打量面前六人。他很快指了指两名高才生,翻译立刻笑着对他们说:"请两位先去行政部门稍做等候,我们老板有文职工作安排给你们。"

两人受宠若惊,鞠躬致谢,在众人的目送下乖乖退出。落锁声传来时,王汉平听见身后同时传来几声窃笑和一句刺耳的"卖钩子嘞",他赶紧侧身挪开一寸的安全距离,生怕再靠近一点就会被它们无辜刺伤。翻译遵照老板的指示,询问剩下四人有没有6000美元的租车本金,如果没有,他们可以签订24期或36期的分期贷款,年化利率在25%左右。别看利息高,只要成为他们旗下的网约车车主,每月收入扣除汽油费、保养费和用于还贷的钱之外,还能攒下 500 美金左右，并且可支配收入一定会随着工作年限的变长而与日俱增。

他话音刚落，不知是谁接了一句："那这份工作有五险一金吗？"

"五险一金？"翻译本想用"你以为在国内呢"直接怼回去，可是话到嘴边却变成了一句狡黠的调侃："当然有啊！可是你们有中国护照和工作签证吗？"

众人不敢强辩，纷纷低头回应："没有……"

他志得意满地笑道："那不就结了？反正咱们托勒密是同行里最有良心的公司，不仅没让你们这些黑户交保证金，还会协助你们办理白卡，方便你们在芝加哥就医买药。你们要是愿意干呢，就留下来签合同，不愿意的话现在就可以出门另谋高就。"

王汉平将信将疑："今天签合同的话，最快什么时候能够放款并提车？"

"当场签，当场提。"

"你确定？"

"确定。"

见他如此笃定，王汉平反而犹豫起来，可一想起外面那些瘾君子和满地散落的针头，如果真靠自己的本事出去闯荡，指不定会惹出什么祸事。于是他思索片刻，郑重其事地点点头。

"没问题，今天就今天吧，万一过了这个村就没有这个店呢？我签。"

他一表态，剩下三人也纷纷点头赞同。王汉平回想起被关在得州移民监狱时，这几个人还与自己扭打在一起，没想到如今却主动认自己为意见领袖。他顿时觉得整个人都沐浴在温暖的阳光里，于是他果断翻到英文合同的最后一页，签下了自己的名字。他转眼望着窗外即将彻底消融的冰雪，心里的春天却先于万物竞发的时节，从眼前这片湿润的泥土中萌生出了娇弱又细嫩的新芽。

十八

完成贷款提车手续后,王汉平趁着天朗气清,阳光正好,迫不及待地开着那辆五成新的福特轿车,来到湖边给它里里外外洗了个澡,美其名曰"图个彩头"。随后他又驾车回到芝加哥市上城区,在旧货市场淘了一把牙刷、一条毛巾和两条厚毛毯。准备就绪后,他按照《工作手册》的指引注册成为网约车司机。不过由于他既没有护照也暂时没有白卡,所以做司机等级认证时,只能被系统评定为最低等级的零星司机。

起初他并不在意,认为只要自己专心拉客,等级总会慢慢提升。可两周过去了,他每天开车绕着芝加哥城区转悠,哪怕不眠不休地跑满24小时,也只能接到四单或五单乘客预约。扣除油钱和车辆维护费用,以及夜晚的停车费,总体收入还不够他吃上一个甜甜圈。

为了人为提高司机等级,多接平台派送的实时任务,王汉平不得不再次向托勒密公司贷款500美元的"周转费用",请那位白发苍苍不苟言笑的老板从中周旋。就这么忍饥挨饿等了三个工作日,他的司机等级终于变成三颗星,也被允许在规定时段进入富人社区营业。

看见手机上的通知,王汉平狠狠地捶了方向盘几拳,"太好了!老子终于可以大展拳脚了!"发泄完毕,他摸了摸自己空瘪的肚皮,赶紧用昨天挣来的钱,去路边的面包店买了一打甜甜圈。他折返至车门外边吃边笑,仿佛生活即将回到自己刚刚入境那天。

"实时单提醒,请司机前往第四大道29号接乘客史密斯夫人。"

尽管这段时间以来,王汉平的英文水平提升了不少,他还是习惯性地把AI语音提醒的语言设置成中文,以防遗漏重要通知。如今听见手机亲切的呼唤声,他赶紧打开车门钻进驾驶室,把剩下三枚甜甜圈塞进驾驶座隔层,按照导航指引驶向目的地。

上车的史密斯夫人看上去四十岁出头,丰乳肥臀,金发碧眼,画着精致的浓妆,身上还有一股淡淡的香水味。王汉平一边开车,一边分神偷偷瞄她的胸脯。史密斯夫人没空理会他略显冒犯的眼神,只一味地催他快点开到硅谷银行,否则他们夫妻俩的钱就全完了。

"全完了?什么意思?"王汉平默默抬脚加大油门,心里却直犯嘀咕。

距离目的地还剩一公里时,路上的汽车已经堵成超市里的沙丁鱼罐头,密密麻麻挤在货架上,连打开车门错身而过的余地都没有。史密斯夫人急得直跺脚,一边在电话里给还在上班的丈夫解释迟到原因,一边催促王汉平在手机上结束行程,并保证自己不会在事后追究他的法律责任。王汉平不情不愿地照办,只听"砰"的一声,还没等他反应过来,副驾驶的车门已经和旁边那辆车的后排车门撞到了一起。两名胖女人陆续下了车,急匆匆地跑向街口另一头的硅谷银行。

王汉平的脏话脱口而出。他担心车辆外观受损,自己会惹上不必要的赔偿,可就目前的拥堵情况,又无法及时下车查看。于是他转而点开手机上的新闻软件,发现CNN的头版头条竟然写着"硅谷银行爆雷"六个大字。

"妈呀!这啥情况?"王汉平望着浩浩荡荡奔向银行的人群,不禁陷入窃喜的沉思。

"还能取多少?多少?"

"对不起夫人,我们已经宣告破产,您取不了钱了。"

"什么?我要找你们业务经理!开门放我进去!"

"对!放我们进去!"

……

大厅里聚满了肤色各异的苦主,挤在柜台前七嘴八舌地尖声叫嚷,部分身材魁梧的男子甚至挥起拳脚,逮着维持秩序的安保人员哐哐猛揍。站在人群边缘的庄颖看见这一幕,捏着手里的银行卡默默退开三米远,生怕无妄之灾降临到自己头上。

不过,今天这种情形如何不算"无妄之灾"呢?

父亲转移的那些已经被证实的赃款,几乎都被她存在了硅谷银行的账户里。原本国内的银行账户被法院查封,已经是令她难以接受的现实,如今连这几百万美元都不翼而飞,她实在不知道应该如何生存下去。或许唯一值得庆幸的是,花旗银行的奖学金账户上还存着50万美元。这些钱足够支撑她接下来完成两年的学业,否则从今天开始,她将变成一贫如洗的灰姑娘,别说完成学业了,连基本的生活需求都难以保障。

可是,这些钱怎么够花呢?

她以前购买爱马仕的限定皮包就如同呼吸一样简单,往后却要感受窒息和窘迫,就像她当初站在爱马仕的柜台前,眼看倾慕的学长背着书包向自己跑来。可以预见的兵荒马乱的生活,终于在四年之后真正向她席卷而来——在消费之前,她会先看银行卡里还有多少余额,逼迫自己省吃俭用规划生活。但俗话说"由俭入奢易,由奢入俭难",一旦无法满足心中难以消解的欲望,她必然会在午夜梦回时,抱着已经沉寂的往事自我折磨。

眼前的冲突正在不断升级,仿佛有什么可怕的恶魔即将从人群中幻化现身。庄颖惊惧又惶急,迈着绝望的步伐转身飞速离场。户外暖意融融的阳光照得她睁不开双眼,她捂着脸颊跑到一处公园的长椅上痛哭流涕,面前新生的青草芽为大地铺上一层绿色绒毯,盛放的迎春花挤在梢头争相报喜,偶尔有几只灰喜鹊落在她头顶的树梢上窃窃私语,周遭的一切都显得生机勃勃,充满鲜活的色彩。明明身处其中,庄颖却觉得自己早已被美景剥离出去,就像国画落笔时滴在宣纸上那一滴浓墨,与整幅画的意境格格不入。

不知过了多久,也许是一瞬间,也许是一小时,哭到乏力的她从长椅上站起来,打算找个地方整理仪容。或许是起身动作过于迅速,眩晕感突然向她袭来。她立刻扑到几米开外的垃圾桶边,扶着把手狂吐不止,一直吐到只剩胃酸才终于缓过劲来。联想到自己已经两个月没有来月事了,一个不敢细想却无法回避的猜测在她心头疯狂滋长。

"该不会是怀孕了吧?"

阳光温柔地笼罩在庄颖身上,企图把她拥入画境。她却只觉得战战兢兢,浑身恶寒。抱着破釜沉舟的心态,她打车去了芝加哥条件最好的妇产科医院,申请检测孕前期指标。等待结果的过程中,庄颖靠在走廊座椅上双手合十,希望上帝保佑这一切都只是虚惊一场。可是那张写着"pregnant"的报告单还是把她从梦幻中一把拽回了现实。

她忍不住反问面前这位华人医生:"您确定吗?我真的怀孕了?"

医生一头雾水道:"这位女士,您是不认识英文,还是在质疑我的专业能力?"

庄颖不得不僵笑两声:"都不是。既然如此,还请您告诉我堕胎的条件。"

医生浅浅挑眉,"您要堕胎?不后悔吗?"

庄颖绝望又笃定地点点头,"我还在上学,没有办法抚养孩子。"

医生上下打量她几眼，淡淡道："就目前的情况而言，胚胎在您体内的发育周期已经超过 49 天，不适合做药物流产，只能做人工流产。不过我的档期有些紧张……你知道联邦允许堕胎的州只有一半不到，所以很多有这方面需求的女士都会预约跨州手术。"

庄颖的心口凉了半截，仍是不肯放弃地追问："我明白，请问最快什么时候能做？"

医生拿起手边的预约登记表格，一边翻看一边问道："您结婚了吗？"

"没有。"

"有没有男朋友？"

"他死了。"

庄颖面不改色心不跳地说出这三个字，倒是把医生吓了一跳。不过他毕竟身经百战，面色很快恢复如常："伊利诺伊州不允许未婚单身女性独自堕胎，您必须找一位男性陪同。"

"表哥可以吗？我们一起来的芝加哥。"

"表哥？"

"他比我大十岁。"

医生想了想，最终轻轻颔首："没问题，麻烦您填写预约信息，再支付 400 美金的挂号费用，剩下的 4000 美金做完手术以后再一次性结清。"

"我知道了，谢谢您。"

庄颖填好个人信息，随后起身礼貌地退出问诊室。站在医院大门口的花坛前，吹着芬芳温软又略带寒气的春风，她拿出手机输入没有存入通讯录的陌生号码，鼓足勇气打了过去。她不知道那个人会不会接，但目前她身边只剩这一根"救命稻草"了，必须牢牢抓紧才行。

"喂，您好，哪位？"

"是我，Angela。"

潺潺春水从南向北汇入美加交界的五座大湖，来自高纬苔原的寒风再也没有掠过这片冻僵的土地，取而代之的是从热带蔓延过来的暖流，彻底唤醒了一切沉睡的新生力量——公园里的草木比半个月前更为茂盛，候鸟也尽数飞回湖畔筑巢安家，繁衍生息。人们换上了轻便的毛呢大衣，三五成群穿梭在城市的春风里，即便在深夜，空气中也弥漫着生命的欢欣。

王汉平把车停在路边，看了一眼刚刚到手的白卡，又数了数自己的当月收入，发现抽出应还贷款以后还有500美元，换算成人民币接近4000元。这些钱已经够他去唐人街吃几顿相对地道的西北菜。脑海里刚冒出这个念头，王汉平就被自己唬了一跳，为什么已经在走线过程中吃了那么多西式菜肴，嘴巴却依然惦念着那碗香喷喷的金河牛肉面？

他恍然想起上周六送一名华人乘客去上城区"敦煌"餐厅赴宴的经历，当时他的车在店门口停了足足半分钟，才在迎宾员的催促下缓缓驶离。他依依不舍地打开车窗,像一只雄蜂贪婪地吮吸着空气中那一缕若有若无的麦香。可是自己的车才开出十米不到,香味就消失得无影无踪,取而代之的是一股刺鼻的酸气和满地垃圾散发出来的恶臭,比他现在所处的下城区有过之无不及。王汉平回过神来,警惕地看了看周围环境,然后迅速把手里的钞票分成三份:一份用来还贷款,锁进副驾驶的座前抽屉;一份留着改善日常生活,放在两座之间的格挡里;一份专门用于明天吃金河牛肉面的花费,和手机一起贴身保存。

安排妥当后,他从驾驶座下车来到后排躺下,直到确认车窗全都严丝合缝地锁住,才脱掉外套裹上毛毯沉沉睡去。密闭的车内空间闷得他呼吸滞重,发出了断断续续的鼾声。以往只有在清晨才会闻到的酸臭味,忽然飘到他的鼻尖。王汉平以为自己在做梦,便翻身向座位内侧继续睡觉。可是渐渐地,除了气味,他还能听见窸窸窣窣的皮革摩擦声,寒意也在不知不觉间爬上背脊,仿佛下一秒就要跌进一座深不见底的冰窟窿。

王汉平立刻弹起身子,只见三位皮肤黝黑的彪形大汉正隔着已经被拆卸的左右车窗,在他的驾驶室里翻箱倒柜。他们一见他醒来,立刻攥着刚刚翻到的两笔钞票往前跑。王汉平这才反应过来,顾不上浑身只穿着一件单衣和一条秋裤,第一时间开门下车紧追不舍。

"黑皮佬!还钱!还俺钱!"

"听到没有!还钱!"

他一边跑一边压着手机和身上仅剩的50美元，生怕它们在奔跑过程中不慎掉落。眼见他越追越近，飞贼头目立刻掏出手枪朝他身后那盏路灯射出两发子弹。巨大的声响吓得王汉平的裤裆顿时湿漉漉一片，脚步也像沾上瞬间凝固的强力胶水，粘在地上一动不动。直到他们的身影消失在道路尽头，他才伸手在自己身上摸索，确认没有受伤以后，迈着虚软无力的步伐，幽魂一般飘回已经被拆毁的废车里。

他坐在司机位置上抬头望着灰扑扑的天空，车载液晶屏幕显示的时间是凌晨四点。王汉平忽然想起十几年前在中文互联网上流传已久的《意林》故事：NBA巨星科比为了在高手如云的联赛中打出成绩，每天凌晨四点起床开始训练。这份刻苦与坚韧是中国运动员，哪怕是顶级运动员都赶不上的。那时候他深信不疑，可直到现在他才突然明白，凌晨四点的芝加哥贫民窟只有团伙作案的小偷、疯狂滥交的瘾君子、昏黄沉闷的灯光、布满污渍的街道，以及永远挥之不去的臭烘烘的气味。即便是科比那样的彪形大汉，也绝不敢在这样的环境下独自行走。

"怎么会这样呢？"

他想不通，说好的这里是人间天堂，为什么自从踏上这片圣土，自己混得反而比在中国更差。难道是因为自己撕了护照又还没激活白卡？所以现在里外不是人？窗外极低的温度蔓延至车内，王汉平倒吸一口凉气，主动放低椅背，从后排抽出一条毛毯盖在身上。不过光这样远远不够,他还用手盖住夸张的秋裤口袋,捍卫自己仅剩的那点尊严。如果连这点家当都被洗劫一空,那自己就真成无家可归的流浪汉了。

王汉平立刻连"呸"几声,破罐破摔道:"反正要钱没有,要命一条。"

抱着这样混沌的心态,他一直半梦半醒地睡到早晨七点半。趁路上还没堵车,他怀揣着忐忑的心情开车奔向托勒密大厦。刚踏入那间熟悉的总裁办公室,王汉平就被眼前的场景吓了一跳——那位面容俊朗清秀的高才生正在给白发苍苍的老板捏肩捶腿,仿佛一位贴身小秘。

"进来怎么不敲门啊?"高才生娇嗔地看了老板一眼,再敛住笑容起身问王汉平:"这一大早的,有何贵干?"

王汉平极力稳住心绪,向他如实描绘了昨天晚上的经历,并请他看在当初结伴同行的面子上帮自己在老板面前美言几句。

"美言?怎么美言?"

"公司能不能报销我的修车费用,以及这个月的贷款能否递延到下个月一起还?"

高才生听完面露难色,思考片刻后还是选择把他的原话讲给老板听。这位满头银发的老者脸上看不出任何情绪波动。他依旧叼着海泡石烟斗品尝进口烟丝,只说一切遵照合同执行。

高才生心领神会,从抽屉里拿出王汉平亲笔签名的合同,翻到乙方责任那款,走到他身边逐字逐句地翻译给他听:"王先生,由于您无法按时偿还本公司提供的贷款,并且已经造成车辆严重损坏,我们将撤销您的车辆使用权,吊销公司平台的工作证明,并请您按照贷款总额的 20% 提前支付违约金。"

"什么?!"王汉平惊到不能自持,上前一步抓着高才生的衣领打算照脸一拳。守在办公室外面的保镖听见动静,纷纷冲进来把他们围成一团。王汉平顿时犯怵,不由自主地松开双手。高才生理了理被抓乱的衣襟,带着一丝胜利的浅笑说道:"条条款款都写着,我劝你还是别挣扎了,老老实实赚钱还债吧!"

"你……你他妈!小人得志!"他的语气藏着愠怒,眼神却逐渐变得讨饶讨怜,"这些钱我最迟什么时候还完?有明确的期限吗?"

"半年之内。"

他看了一眼满脸默然的老板,突发奇想道:"如果陪他睡怎么样?能不能少还点?"

高才生万分震惊,足足愣了半晌才反应过来,"你确定要我翻译给老板听?王先生,你是怎么想的?就你现在这副卖相,我劝你还是省省吧!"他的嘴角浮起一丝鄙夷的微笑,"你陪睡?吃亏的是我们老板。"

老板似乎看清了王汉平的意图,忙用蹩脚的中文指着他身后那群保镖说:"随你挑。"

王汉平想起那场"墨西哥浩劫",顿时气得脸红脖子粗,可他又不敢当面发作,只能慌不择路地夺门而出。他在马路上一口气跑了两千米,一直跑到一处人烟稀少的公园门口才停下脚步。他扶着膝盖气喘吁吁,想把刚才那口恶气吐出来,混乱的思绪反而让他越来越愤怒。

等呼吸稍微顺畅以后,王汉平掏出手机,对着自拍镜头用中文录制了一段Vlog。他在视频里足足骂了芝加哥半个小时,话语中充斥着什么关系社会、治安混乱、美食荒漠等。骂完以后他又觉得自己方才说得太过夸张,于是又在视频末尾锐评"黑天鹅"事件结束后,太平洋两岸的经济发展水平,进而得出"老中必输"的结论。

这段视频刚传到他的"脸书"账号上,便引起留学圈层和移民圈层的共同震动。发酵的舆论当天便传到中文互联网,大量对他充满好奇的网民翻墙过来考古他的奇葩观点,进而挖出他的真实身份——原来他是柳成铭的粉丝后援会会长。不少人拿他当笑话看,主动在他的评论区和他亲切"交流",他却来一个删一个,或者选择"已读乱回"跟网友们打太极。

"算了算了,懒得跟你们battle,老子还是想想今晚睡哪儿吧!"

说完,他把自己珍藏已久的五星级套间照片贴了上去,并配文"晚安",营造出精英人士的氛围感。谁承想这一滑稽举动又引发评论区爆笑。王汉平无奈且酸涩地摇摇头,转身走向公园右侧的那座水塔——风餐露宿才是他未来可预见的生活。

夜星微凉,露水从天际漫过来,王汉平蜷缩在一堆废纸里,堕入了不知是谁的美梦中。

十九

  这样的日子持续了整整三周半，转眼已到五月上旬。这段时间除了经历一次严酷的倒春寒，气温一直不冷不热。人们纷纷脱下厚重的毛呢外套，换上轻便的衬衫或飘逸的长裙。热闹的夏天似乎就跟在春天身后越追越近，只待某天乘人不备粉墨登场。

  王汉平的生活方式也发生了几不可察的转变。最开始他总是独自在夜间翻找垃圾桶里的食物，与当初打过架的同伴重逢以后，几人坐下来合计才知道，原来大家这段时间的经历都相差无几。他们一致认为所谓的"放贷"、偷钱、砸车，又命黑社会来催债，都是托勒密公司自导自演的阴谋，目的就是要榨干他们身上最后一滴油水。可是他们没有任何办法反抗，毕竟他们连国内的身份证件都已经剪碎了，就算主动去大使馆寻求帮助，也不能证明"我是我自己"，更何况补办护照以后又能怎么样呢？人家有人又有枪，谁愿做以卵击石的傻事？

  他们看清利弊以后，便采取白天排队领取救济粮，晚上轮流站岗放哨的迂回策略,来和这帮杀人如麻的高利贷者周旋。可是这群催债人仗着自己人多势众,经常把他们堵在厕所门口,提醒他们利息又滚到哪种程度了,再不还钱每人将被剁掉一根手指头,直到双手双脚砍得只剩下手掌和脚掌,再决定下一步是挖心还是掏肾。

一想到伊利诺伊州拥有庞大的地下器官交易市场,四人便不寒而栗,连忙表示一定想办法偿清债务。最先付出行动的是王汉平,他转遍了芝加哥写着招聘信息的餐厅、打印店、小超市和建筑工地,得到的永远是拒绝。

"不好意思先生,您的英文口语水平太低了,无法胜任这份工作。"

"您没有中国护照,我们不敢随便收您进来伺候客人,万一惹了麻烦还得我们承担。"

"麻烦你看清楚,Female,女性!这份工作只招女人,你是女人吗?"

……

屡次碰壁后,他本着找不到体面工作,就去餐厅刷盘洗碗也行的心态,兜兜转转来到唐人街7号的"千里共婵娟"饭店。刚走进去没几步,他便停在收银台前东张西望。经理用中文问他是吃饭还是找人,他两次都摇头否认。

"那您是来?"

"你们招工吗?我什么都可以做。"

经理心领神会道:"你有护照吗?"

"半路上掉了。"

"有白卡吗？"

"有的有的！刚激活没多久！"

经理上下打量他几眼，犹豫片刻最终点点头："有白卡就行，跟我去后院试岗吧！"

王汉平喜不自胜，赶紧屁颠屁颠地跟着他穿过员工通道，径直来到露天洗碗区。经理指着正在干活的男女老少对他说："你跟他们一样每天三班倒，分时段结日薪，晚上最高，中午次之，最次是早晨。明白吗？"

"明白。如果赶上饭点排班，咱们管吃管喝吗？"

"不管，自己解决。"

"那我的时薪是多少？"

"没有经验的一律从最低算起，10美元一小时。"

王汉平稍微有些失望。经理从他脸上捕捉到这层情绪，挑眉道："你不想干？"

"不不不！我干！我干！"

"这就对了，你去最左边的水池，把刚才的餐盘洗了。"

"没问题！"

王汉平屁颠屁颠地跑到指定位置，扭开水龙头就开始洗洗涮涮。等确认经理转身离开并不会再折返以后，他才小觑着周围这些陌生又熟悉的亚洲面孔，试图加入他们的对话。可惜他与韩裔、日裔之间存在语言障碍，身旁的华裔又只顾着埋头干活，根本没空搭理他，王汉平只能耐着寂寞刷完面前那堆锅碗瓢盆，再独自回到大厅领薪走人。

为了躲避那群阴魂不散的催债鬼，王汉平特意搬到另一座公园的免费公厕旁休息。可不知四人当中是谁走漏了风声，催债人又在他的新据点附近将他逮个正着。四名彪形大汉围着他上下其手，把他藏在裤兜里的40美元抢光。王汉平央求他们好歹给自己留点伙食费，哪怕只留五美元也成，催债人头目却以他能领取免费救济粮为由，果断拒绝了他的合理请求。临走前，他们放出狠话，要他多挣点钱，否则下次再给蚊子腿肉，一定让他好看。

王汉平绝望地坠坐在沾满露水的草地上，一声不吭地目送他们离去。

他再次对"一念天堂一念地狱"产生了无比深刻的认知。似乎只有巧取豪夺、欺男霸女的浑蛋才能在芝加哥这片"圣土"上混得如鱼得水，而所谓的温良恭俭让只会被竞争对手吃干抹净。可网上不是说，大洋对岸的社会氛围特别和谐与温暖吗？怎么偏偏对自己这种底层出身的穷苦人民充满恶意呢？是谁在骗自己？究竟是谁？

对了！一定是中国！都怪中国！

他忍着满腔怨愤掏出手机，对准自拍镜头一通输出。整条视频长达30分钟，一半的内容都与中国相关。王汉平几乎把中国从上到下、从里到外全都骂了个遍，并扬言如果不是中国刻意制造信息茧房，自己也不会在来了芝加哥以后才被骗得这么惨。可他似乎忘了，在金河网吧当网管时，是他没日没夜翻墙出去见识所谓的"真实世界"并对此深信不疑，是他追随柳成铭的脚步力挺"春城之耻"，是他总在 Vlog 末尾强调"芝加哥的甜甜圈真好吃"。

毫无意外地，这段精彩视频同样被留学生群体，以及翻墙出来看笑话的网民们搬运回了中文互联网，王汉平因此喜提花名"甜甜圈"。后面一两周，陆续有人冲到他"脸书"的评论区，对着他虚空索敌的那条视频，妙语连珠地骂了千层高楼。

"你特喵都'润'出去了还用中文发视频，敢不敢直接用英文和本地人对线啊？"

"哎哎哎！我听说你半路'下海'了？怎么不开 OF 账号呢？开了我们给你打钱。"

"还骂老中，你到底晓不晓得是谁把你害得这么惨啊？"

王汉平刚才在餐厅因为偷懒被经理骂得狗血淋头，正愁没地方发泄满腔怨气，于是他立刻逮着这名网友一通输出："谁？你倒是说啊！不说别装懂哥。"

网友不甘示弱道："当然是你的偶像柳成铭啊！你不会不知道'行者孙1990'是他的小号吧？他帮对岸的犹太资本'Wash Dark Money'的时候，你可是上赶着给他送了几百万人民币呢！啧啧啧，我要是有条这么忠心的'好狗'，做梦都会笑醒哈哈哈。"

"你特么说谁'好狗'呢?你再说一遍?"

"哎呀我差点忘了,打狗得看主人嘛!那就给他一点薄面,不骂你了。"

王汉平却不依不饶地替柳成铭强行狡辩,言辞之犀利,直接惹了众怒。网友们很快给他甩出一堆证据确凿的截图,从小号的IP变化到目前柳成铭的"脸书"动态,再到他跟鲍勃签订的所谓"股权置换协议书"的原件照片,桩桩件件都像生锈的钉子直接钉入王汉平的大脑,疼得他几乎快要晕厥,尤其半夜的晚风还在他耳畔低声吟哦,听着就像黑白无常来索命的前奏。他赶紧坐起来靠住围墙,企图平复自己的心情。谁承想仅仅过去五分钟,网友们又把当初安排他走线偷渡的单懿芳也找出来,指明她就是麦斯基金会的利益白手套,而这个基金会与以色列关系密切……他不敢再看下去,索性关掉手机逼自己入睡。

可是能否睡得着,只有王汉平自己知道。

他一闭上双眼,就像堕入了无边无际的梦魇中,四周都是污言秽语和精神暴力幻化出来的魔爪,争先恐后地分食着他已经饱受摧残的肉体。他拼命地向前奔跑,可是无论跑到哪个方向的尽头,黑暗中唯一能看见的,只有柳成铭那双闪着寒光的锐利兽瞳。

那些魔爪似乎就是柳成铭本人的手。他明明有千万种理由直接打破王汉平的幻想,却偏偏选择了看似最无辜的一种——他躲进自己铸就的金钟罩里,眼睁睁地看着王汉平坠入深渊,即便他摔得粉身碎骨,也立在原地无动于衷。

"不行,我必须找他问个清楚!"

柳成铭终于等来了这一天。

从去年圣诞节鲍勃当面闪烁其词开始,他就预感到总有一天,定会收到一张由他亲手给出的"裁员通知书",只是没想到仅仅过去半年,末日审判就降临了。按照以往的惯例,他本该说句软话,或者与他客套一番,可如今他什么也不想做,只关心自己的合法权益有没有被他们非法侵占。

"要我走可以,但你们得给我 N+2 的赔偿。"

鲍勃抽着雪茄漫不经心地回答:"我就知道你会提这个。我们已经给了,不信的话你可以当场查看花旗银行发来的收付提醒。绝对一分不多,一分不少。"

柳成铭立刻掏出手机登录银行 App,果然看见自己多了一笔裁员安置费。他冷笑一声,只把眼中所有的不甘、愤恨和懊悔全都变成一束尖锐的温光,直刺向鲍勃的眉心。可鲍勃依旧淡然地点头微笑,"Lewis,你还有什么问题吗?但说无妨。"

柳成铭咬紧后槽牙恨声道:"没有了,爷这就收拾东西离开这个鬼地方。"他背起沙发上的电脑包摔门离去,谁知早已有关系较好的女同事把他的私人物品装进牛皮纸箱,一见他从理事会的办公室走出来,便直接塞到他手里说了声:"Goodbye, Lewis."

柳成铭点头致谢,别过她的肩膀走向电梯厅。出来以后他才发现,此时外面已经是绿意盎然的六月中旬,埋头写代码的日子让他忽略了四季变迁,也忽略了内心的真实感受。他低头看了一眼手里的牛皮纸箱,里面除了一些程序设计初稿和不涉密的开会文档以外,就只有两张过年期间在"千里共婵娟"饭店领取的"福娃报喜"年画。明明它们都十分轻便,几乎没有重量,柳成铭却觉得手上压着一只千斤重鼎。他干脆一不做,二不休,直接走到最近的垃圾桶前,连带箱子一起扔进了可回收物分隔区。

他如释重负,迈上轻快的步伐往家里赶。谁知他刚走到第三大道的岔路口,一个熟悉的身影就从旁边的巷子里冲出来,拽着他的衣领把他重摔到了斑驳的墙体上。

柳成铭一时吃痛,等回过神来才愕然道:"王汉平?你怎么在这儿?"

王汉平的嘴里发出一声冷笑,"老子蹲你好久了。说,是不是你害得俺?"

柳成铭疑惑不解地问道:"你在说什么?我害过你?移民中介不是我给你介绍的吗?"

"你别提这玩意儿,一提老子就生气。"他从裤兜里掏出手机,把保存的证据截图全部举到他面前,"看你自己干的好事儿!帮犹太资本洗钱,帮他们拉偷渡生意,还涉嫌出卖国家机密,却在俺们当初为你冲锋陷阵的时候,连屁都不放一个,拿俺们当摔炮玩是吧?"

柳成铭听他冲自己输出负面情绪，不禁在心底漠然一笑：如果他这张利嘴是连续发射的机关枪，字字句句都是射向脑门的滚烫子弹，那自己早就已经千疮百孔了。可惜他挑错了时间，如果在圣诞节当天或者哪怕今年三月份之前发作，都不会像现在这样毫无攻击力。

"是啊！我就是一个被人卖了还要替人数钱的蠢货，但你不也一样吗？王汉平。应该说我们这群'润'到大洋对岸的'恨国党'，哪个不是偏执又矫情的精神病人呢？"

他心里是这么想的，甚至反复骂了自己好多遍，脸上却看不出丝毫怅惘的情绪。他只是在王汉平说完之后，坦诚地描述现实困境："我也是到今天才明白，一切都是一个局，当初我没有要骗你的心思，如果阴差阳错对你造成了伤害，我向你道歉。还有，我现在已经被达菲科技裁员了，没有稳定收入，如果你要钱的话，抱歉我给不了。"

他很清楚，最后那句话一定会激怒王汉平这个箭在弦上不得不发的疯子，可他还是抱着必死的决心，没有安慰，没有怜悯，只有一副满不在乎的冷漠。果然他话音刚落，王汉平结实的拳头就挥在了他左脸的颧骨上，巨大的力道直接把他打翻在地。他还没有爬起来，王汉平的腿就开始在他的肚皮上踢皮球。他疼得受不住，随手抓起腰侧的可乐瓶对准他的脑门一扔，再趁他被打中眼睛视线变得模糊时，果断撑着墙壁站起来，死死盯住他。

"要打架是吗?好啊!我陪你,反正我已经很久没有施展拳脚了。"他定住身子放下电脑背包,做出传统武术里的跨步准备动作。王汉平也揉了揉酸胀的右眼,发狠吼道:"打就打!别逼老子了结你的小命!"

两人同时扑向对方,一时间两双手、四条腿、四只脚全都搅和在了一起,你来我往地在对方身上发泄那些沉积已久的怨气,活像草原上因为争夺地盘不得不大打出手的雄狮。只是他们之间的恨意比动物更为原始,好像没有分个高下便握手言和的可能性,而只有你死我活的零和博弈。也许十二年前的他们都不会想到,从两人在微博结缘那刻起,会发展成今天这样令人啼笑皆非的剧情走向。正如"成也萧何,败也萧何",他们的一切始于一场绚烂的"联邦公民之梦",终于在梦醒时分发现一片荒凉。两个梦碎之人互相践踏从对方身上掉落的血肉,直踩出一条通往地狱的鲜血淋漓的荆棘路。

这个世界上没有人间天堂,却处处都是作茧自缚的、燃烧着无穷欲望的十八层炼狱。

"这两人有什么深仇大恨,怎么互相打成这样?"

"对啊!我看再这样下去恐怕要出人命了,要不我们上去劝劝吧?"

"No! Let them fight. Anyway, they were Asian animals, so it wouldn't be a pity to be killed."

"说得也是,不如看他们复刻古罗马的'困兽之斗'吧!"

……

围观人群挤在一起议论不休,活像菜市场里嗑着花生瓜子,看热闹还不嫌事儿大的无业游民。两人听见这些助威和呐喊,打得愈发难舍难分。一名路过的中国留学生于心不忍,主动打电话联系当地警察,请他们出面协调矛盾。没过几分钟,警察开车赶到现场,将两人强行分开。为首的长官刚看到王汉平的脸,就"啧"了一声:"Oh！It's you. Asian animal."

王汉平睁开已经被揍得肿胀的双眼,鼓足勇气恨声咒骂道:"这句话应该由你爷爷我来说！俺记得刚来芝加哥那天,也是你们追的老子吧？把老子赶到黑帮的地盘上,你们害死老子了！"说完他故意冷笑一声,只等这位长官像拎小鸡一样把自己拎起来。他很快双脚悬空,接着被抛落在警车内冰凉坚硬的座椅上。而柳成铭被警察强行压住时,还在慌不择路地寻找他遗落的背包——早在他们互殴时,路过的小偷就已经将它拿走了。

"My computer is very important to me, please help me find it! Sir, please!"

警察恶狠狠地啐了他一口:"Shut up! Asian animal! Come back to the police station with us for investigation!"见他还想反抗,他的语气变得更加凶狠,"Are you listening?"

柳成铭已经说不出"YES"或"NO"了,潮汐般汹涌的绝望彻底将他淹没。他感到自己脚下忽然出现一阵滞空感,下一秒就与座位上的王汉平迎头相撞。还没等两人反应过来,长官立刻用两副手铐把两人分别铐在座位扶手上。抵达芝加哥市下城区警察局以后,他把他们共同关押在一间空置的巡捕房里,并说只要有人出钱保释,警局立刻放人。

柳成铭靠着墙壁轻笑一声:"果然他妈的要钱。"

长官看出了他眼中的鄙意,忙诘问道:"What are you talking about?"

"I said someone was willing to pay for my bail. All I need is a telephone."

长官立刻掏出自己的工作手机递给他。柳成铭凭借出色的记忆力,回想起了当初打给自己的那个陌生号码,于是他果断按下拨出键,静候电话那头给出的回应。

"喂,您好,哪位?"

"是我,Lewis."

二十

庄颖赶到警察局时，已经是中午十二点三十分。她先在大厅收费处缴纳了200美元的保释金，然后在长官的带领下来到走廊尽头的巡捕房外。长官打开两道铁锁请她进去，她发现柳成铭与王汉平分别蹲在房间的东南角和西北角，两人的脸上、手上甚至脚踝处也都有好几处挫伤。她赶忙问道："哥哥，这就是你跟我说的不小心打了一架？还是和他打的？"

柳成铭点点头，"事情有些复杂，出去再说吧。"彼时长官已经解开了他的手铐。柳成铭放松双手，撑着斑驳的墙壁艰难起身。庄颖赶紧凑上去虚扶一把，生怕他蹲太久以后突然站起来，会猝不及防气血上涌。"没事，没事。"他连连摆手，跟随庄颖和长官的脚步走到门边。角落里的王汉平忽然用双手猛捶墙壁，庄颖听见动静回头看，刚好对上他懊悔又绝望的眼神。按理说她本不该搭理，可出其不意地，庄颖拦住长官说："I'm sorry, but I'm going to have one more person on bail. Please uncuff him."

"Are you sure? You'll need to pay another $200."

"I'm sure."

听见这个肯定的回答,长官立刻乐滋滋地替王汉平解开手铐。

柳成铭十分诧异,忙道:"你怎么想着救他?最先挑事儿的就是这个浑蛋。"

庄颖脸上没有任何表情,语气却带着几分悲天悯人的味道:"我爸妈之前的确做过对不起他们家的事儿,今天这种情况,就当是我替父母还债吧!"

这番话仿佛也是说给王汉平听的,只见他眉心微微颤动,眼眶里也聚起一片潮红。面对他投射出来的复杂情绪,庄颖既没多看也没多想,而是主动转身离去。柳成铭紧随其后,王汉平则始终与二人保持四米开外的距离。出了警察局往前走,迎面而来的是两排高大的北美枫树。初夏的阳光洒落在舒展茂密的枝叶上,映出一汪浮在空中的随风飘荡的碧水。王汉平看着即将钻入画境的庄颖,冲她瘦削的背影大喊一声:"喂!庄大小姐,你爸妈已经被判了吧?"

这番话仿佛一句定魂咒语,迫使庄颖不由自主地停下脚步。她回头盯住王汉平扭曲又兴奋的笑容,忽然觉得自己脸上被隔空挨了一巴掌。自从经历感情挫折、家庭变故和身体创伤以来,她原本认为自己的心态已经得到前所未有的历练,可没想到那些牢固的心防,还是在王汉平那冰冷又嘲弄的笑容中再次分崩离析——

如果刚才的恻隐之心是庄颖从未释放过的善意，那么此刻一句"白眼狼"便是她内心最为真实的想法。

柳成铭也满眼鄙夷地看着他："真是个没救的疯子。"

庄颖勉强抽动嘴角，逼迫自己镇定下来，"走吧成铭哥哥，咱们不必理他了。我陪你去医院看伤。天气越来越热，这些伤口如果不处理的话，很容易发炎感染。"

柳成铭点点头，最后瞥了一眼不远处的王汉平，转身与庄颖并肩离去。两人打车来到最近的社区医院。庄颖以表妹的身份全程陪同柳成铭挂号问诊、包扎伤口，又帮他跑上跑下领取内服的消炎药，按照医生的叮嘱，分门别类地提醒他服用次数和用药时间。柳成铭靠坐在走廊的长椅上，抬眼对庄颖说了声"谢谢"。

庄颖挨着他坐下来，淡然笑道："成铭哥哥不用客气，上次我做人流手术，也是你全程陪着我，术后还抽空来我的公寓探望了好几次。这次算我投桃报李。"

柳成铭转头盯住她的侧脸，半晌才道："虽然我以前不算了解你，但我感觉你真的变了不少，不再那么骄纵了，也不再……"

"不再那么悬浮是吗？"

庄颖突然接话，倒整得柳成铭有些猝不及防。他赶紧把头转回去，"我不知道这么说是否合适，你确实比以前更接地气，连王汉平这样的人，你都愿意搭把手救他出来。"

"或许这就是成长吧……"庄颖微微叹了口气，"我从十四岁开始,就能跟着我爸到处见世面,可是从来没有人告诉我,真实的世界原来是这个样子。"她捂住双唇抬眼望着医院走廊的白炽灯,发出一声若有若无的感慨,"今年的我不是二十三岁,而是一个被困在童话里的灵魂,终于迎来了她的十五岁。"

柳成铭没想到庄颖会说出这句话。经此一役,他也恍然明白,他们这群早已和母国切断联系的亚洲面孔,一直在用最熟悉的方式与彼此交缠纠葛。爱也好,恨也罢,哪怕根源在这座人间炼狱,最终也会变成他们这个群体的内斗工具。但也正因为那点相似,在互相攻讦的过程中总会冒出一丝血脉相连的怜惜,只是庄颖低估了人性的恶,也高估了人性的善,才被王汉平当成实现精神胜利的法宝。

"这不是你的错。"柳成铭看着她前倾的背影宽慰道:"别往自己身上揽责。再说父母辈的事情也不是子女能左右的。Angela,好好学习吧!至少将来还有机会顺利毕业,不是吗?"

庄颖回正身子,转头冲他微微一笑,"你说得对,目前我唯一能保住的,只剩下那张硕士学位证书,至于我爸到底判几年,我妈到底是死是活,我想管也管不了,还是算了吧!"

她微微哽咽,起身道:"还有十分钟结束观察期,如果不过敏的话,哥哥就能进去敷膏药了。学校那边还有事情,我必须在下午四点前赶回去,有问题记得给我打电话。抱歉失陪。"

柳成铭点点头,"那你路上小心,我就不送你了。"

庄颖轻"嗯"一声,转身慢慢走向走廊尽头的电梯升降厅。柳成铭望着她逐渐远去的背影,忽然想起接到她打来求助电话那天,阳光也像今天这样明媚乃至刺眼。当时他二话不说直奔她提供的地址,在那家妇产专科医院的走廊上,庄颖卸下所有防备和伪装,伏在他肩头失声痛哭,从恋情失败到父母被囚,再到积蓄消失大半,桩桩件件娓娓道来。柳成铭听得心口绞痛,不时轻轻拍打着她的背脊以作安慰,并表示自己一定会请假陪她做手术。

如今他横遭不测,庄颖也像他当初那样,主动关心和照顾他。

柳成铭头一次在她身上清晰地看见妹妹柳婉莹的影子。他内心愈发觉得,这两位只差一岁的女孩之间,都氤氲着浑然天成的宿命感。一个吃遍生活的苦头,成年后骤然不再贫困也坚持勤俭节约;一个从小穿金戴银挥霍无度,被剥去耀眼的光环以后,才开始直面内心的真实想法。她们的人生互相倒错,心智也天差地别,却早已在平行时空里变成一个人,一个足以让柳成铭寄托思乡之情的"好妹妹"。他把那些"近乡情更怯"的想法都投射到庄颖身上,可是想起刚才被人偷走的电脑背包,他的心又开始不断抽痛——里面那台笔记本电脑是母亲十二年前给他买的新年礼物,陪他度过了创业阶段孤寂又灿烂的奋斗时光,尽管中途坏了好几次,柳成铭依然舍不得将它换掉,总是"缝缝补补又三年"。如今只剩下当初带来的变形金刚还陪在自己身边,难道今后就只能抱着这份复杂的感情在芝加哥苟活吗?

柳成铭喃喃自语,却找不到确切的答案。他再也控制不住悲痛的情绪,仰头靠在医院冰冷的墙体上,像一条跃出水面的濒死的鱼,流出了滚烫的血泪。

同样直面厄运的还有无力治病的王汉平。

他刚回到公园的秘密基地,催债的人就把他捡来的帐篷围得水泄不通。他本能地抬手护住被打肿的脸颊,却被为首的大哥狠狠甩开。他请出身后一脸严肃的高才生,让他用中文问王汉平:"我看你伤得不轻啊?谁打你了?"

王汉平定睛一瞧,发现不是面容姣好那位,便支支吾吾地说:"没……没有谁,是俺自己不小心摔了。你们……你们再给我宽限几天,俺明早就去上工挣钱。"

高才生把话翻译给催债人听,得到指令后便笑着说:"再宽限几天?你不会忘了吧,还钱期限是半年,你算算,今天都几月几号了?"

"6月15日……还剩三个月。"

"看来你还有点自知之明,光靠打零工挣钱,你得还到猴年马月。再说了,你本来受了重伤应该静养,再去做苦力活怎么恢复健康呢?不如这样吧!芝加哥大学研发生产的王子牌止疼药正在招募试吃志愿者,你拿着白卡去报名,只用连续试吃两个月给他们提供数据,就能拿到六千美元的报酬。你欠老板的钱不就能还上了吗?"

王汉平分外惊恐:"吃药?那不是让俺去当小白鼠吗?俺不

去……不去！"

"不去？这可由不得你。"说完，高才生退到一旁。催债人纷纷默契地拔出手枪对准王汉平的脑袋。他本想心一横说"打死我好了"，可终究还是爱惜自己的生命，然后捏紧鼻头带着哭腔回道："好好好，俺去，俺去！只是……俺已经还了七百美金的钱，拿到这六千美金以后，你们能不能给俺留一百美金？就一百……"

高才生如实转述，得到头目答复后，立刻告诉他："那就要看你表现如何了。除了消炎止痛药，你如果愿意吃别的，多出来的钱公司跟你四六分账。"

王汉平心里的怒火点燃又转瞬间熄灭，只剩一句："好，那我多吃点。"

催债头目心满意足地点点头，带着众人扬长而去。高才生给他塞了一张中文版地图，上面已经明确标出芝加哥大学的地址，"好好干吧，这样的结果，也是我们自己的选择。"

他的语气十分平静，像一口波澜不兴的古井，王汉平却觉得底下暗潮汹涌，想沉下去一探究竟。可是他走得实在太快，还没等他对上视线，眼前就只剩下一片模糊不清的背影。他只好收起情绪，带着剧痛钻进了臭烘烘的帐篷。

在副热带高压和大陆高压的双重控制下，七月和八月里，热浪席卷整个北半球，以温带海洋性气候著称的芝加哥也没逃过酷热的侵袭。王汉平却觉得浑身冰凉，即便闷在密闭的帐篷里，也感觉不到丝毫暑气。他知道这是三种药物副作用导致的畏寒,可买不起电扇又没法进入公共区域纳凉的他,竟然从心底里萌生出一丝庆幸。更何况这段时间,自己每天都能在芝加哥大学附近,领一顿为志愿者准备的爱心便当,丰盛程度堪比国内的星级自助西餐。他不仅不难过,反而时常拿出手机拍摄自己的试药视频,一期不落地传到"脸书"账号上。

评论区的热心网友问他:"你得了多少钱啊?"

王汉平立刻回复:"9000多呢!而且是美金哦!"

此言一出,连那些翻墙过来的中国网友都不禁感慨他吹牛不打草稿。王汉平装作毫不在意,只给那些帮他说话的人点赞留言,可直到看见那句刺眼的"别特么骗人,你就只得了200美金",他终于撕掉伪装破口大骂。不少中国网友立刻截图保存他的滑稽言论,生怕他回过神来先把证据删掉。他们把这些图片搬回中文互联网,短短两个星期,竟在社交媒体上引发了一阵饲养"电子宠物"的狂潮。王汉平听说以后,干脆拍视频隔空回应网友,并让他们给自己打钱,心安理得地做一名"网络乞丐"。

他突然觉得生活特别有趣,毕竟断药以后副作用减少不说,还能因为处于观察期而不被黑帮的人骚扰。于是他每天都乐此不疲地跟网友们打嘴仗,企图从中发掘生财之道,毕竟那三位跟自己在移民监狱打过架的男人,已经成立互联网"金牌讲师"团队了。他本想加入他们一起做网络直播,可从始至终都被排挤在外,于是他干脆狠下心来自己摸索,每天举着手机这里拍拍那里看看,就这么过了一个多月,账号还是不温不火。

直到以色列与巴勒斯坦的战火从中东地区彻底烧到太平洋西岸。

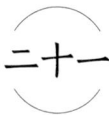

二十一

这只"黑天鹅"比三年前那只更为强壮有力。它只需轻轻扇动翅膀,便将庄颖、柳成铭与王汉平的个人命运彻底改写。在此之前,他们想象中的世界正在一点点崩坏,此后,则是一次坍缩式的土崩瓦解。抗议暴行运动从芝加哥大学开始,迅速蔓延至伊利诺伊州的十二所高等院校。短短一个月,联邦各州共计五十余所高校响应。

作为亲历者,王汉平看到成群结队的学生从教学楼冲出来,高举着"解放巴勒斯坦"的旗帜,在芝加哥大学的草坪上静坐抗议;另一群支持以色列的中老年白人男性,也举着标语和学生抗议者当面对垒。他不知道这些行动意味着什么,只觉得既然在国内"闻所未闻,见所未见",那拍下现场视频传回中文互联网,一定能获得巨大的流量。于是他赶紧举起手机把看到的一切都远远地拍下来,事后仅做简单的画面处理,便立刻上传到自己的"脸书"账号和微博账号。被网站限制传播以后,他迫不得已投入海外版 Tik Tok

的怀抱，借由字节跳动强大的算法机制，把那些珍贵的画面传向全世界。

庄颖在这条视频的最后一秒留下了懵懂的身影。

就像当初硅谷银行爆雷时一样，如今她依然站在愤怒的人群边缘，默默注视着周遭的一切。原本生命中只剩学业的她，看见自己的同门师姐妹和师兄弟，正带领全校三分之二的学生静坐抗议；导师凯琳·约瑟夫也和其他教授们手拉手围成一堵人墙，严丝合缝地挡在学生跟前；奉命维持秩序的警察们，则荷枪实弹地站在人群最外围。如此里三层外三层地交错排列，原本十分拥挤的校园草坪已经被踩得光秃秃的。纵然早已切断与母国的心理脐带，她仍想起了卢沟桥事变之后，整个华北连一张破旧的书桌都放不下，学生们走上街头抗议，号召全国各族同胞团结起来同仇敌忾。她甚至认为，如果当时存有影像资料，游行现场一定与此情此景相差无几。

一道亮眼的光忽而如同蜜蜂轻蜇她的眉心，庄颖不由自主地抬头望天，只见阳光用锋利的三叉戟刺破了逐渐消失的乌云，点亮千家万户金灿灿的屋顶，整座城市正像美与爱的女神阿芙洛狄忒从波浪中闪着光泽裸身而出，褪去阴雨的罩袍后，逐渐显现出真实的面目。

庄颖恍然觉得原来战争近在咫尺，而自己那位放荡不羁的前男友迈克尔，也因为巴以冲突的爆发口碑急转直下。象党媒体曝出他父亲的麦斯基金会偷偷支持以色列在加沙地区的暴行，同学们忙着声讨他们一家人罄竹难书的罪行，以至于这段时间他都待在家里不敢出门半步。庄颖觉得大快人心，尽管在抗议爆发之初，她为了保住自己的硕士学位和将来的毕业证书，断然拒绝参与学生运动，可此时此刻，校园里"解放巴勒斯坦"的呼声响彻云霄，她的血脉逐渐升温以至沸腾，理性告诉她必须马上远离是非之地，可感性却驱使她一步步走到宏大的天地中央。

"Free Palestine！Free Palestine!Free Palestine!"

同样被山呼海啸的声音吸引的，还有站在马路边发呆的柳成铭。

自从失业以来，他每天都忙于寻找新的工作机会，从早到晚只看对自己有用的信息，似乎已经隔绝了外在的一切。可是今天，他不由自主地停下脚步，像婴儿初降人世那般，好奇地观察周围人的举动。不知从何处传来一声枪响，柳成铭如梦初醒，赶紧找了一处花坛靠墙蹲下。他随即看见两方支持者扭打成团，学生们蜂拥而上，企图挡住挥打在恩师身上的棍棒，中老年白人男性们趁机推搡、踩踏学生，现场的尖叫声此起彼伏……维持秩序的警察使用各种手段拼命拉开众人，才避免冲突恶化和升级。柳成铭松了口气，准备赶紧远离是非之地，谁知他刚站起来，就看见不远处的草坪外，庄颖和她的同门师兄弟、师姐妹们，正亦步亦趋靠近那辆全副武装的警车。他们的导师凯琳·约瑟夫被两名警察反手押住，上车前,她眼含热泪回头凝望自己的学生,掷地有声地喊了一声"Free Palestine"。

不知为何,眼泪忽然润湿了柳成铭干涩的双眸,他也跟着用中文念了一句同样的口号。

"解放巴勒斯坦。"

随着巴以冲突越来越焦灼,学生们的抗议热情不降反升,尽管芝加哥的秋意早已荡然无存,初冬的寒凉又席卷而来,仍然有人从清晨到深夜为和平坚守。自从抓住这个流量密码以来,王汉平每天都去现场拍摄视频,并自封为"国际局势观察员",对着自拍镜头侃侃而谈。庄颖则一边坚持完成实验,替还在关押中的老师保留项目,一边抽空和同学们一起静坐抗议。柳成铭也时常在午夜梦见隆隆的炮火声,遍地无主的尸骸,以及幽魂般飘荡在南京城楼的旭日旗。明明领土主权被侵犯,公民人权被蚕食的是巴勒斯坦,他却深深忆起了祖国那段艰苦卓绝的抗日岁月。

他也头一次发现这里的信息茧房如此严重,除非使用海外版Tik Tok 软件,否则在主流媒体上永远也看不见战事的真实报道。于是他重新下载微博,登录"行者孙1990",趁寻找工作的间隙跨时区高速冲浪。他不仅在热搜榜单上看到了残酷的战争如何摧毁加沙平民赖以生存的资源,看到了留学生主动参与和平抗议运动的报道,也在同样的时间看到了中国东北冰雪旅游项目的火爆。出于好奇,他把微博定位改成东北地区鹤川市,系统立刻给他推送了鹤川电视台的官方微博,而那位笑容甜美、口条专业的记者更是一下子就吸引了他的注意力。

"各位观众朋友,我们现在所处的位置呢,是米尔津市圣索菲亚大教堂,它位于米尔津市道里区透笼街88号,是一座始建于1907年的拜占庭风格的东正教教堂,为米尔津市的标志性建筑。我们可以看到不少来自全国各地的游客都在这里打卡拍照,有的还换上了俄罗斯族的民族服装,切身感受浓烈的民族风情。据悉,今晚八点,圣索菲亚广场将上演无人机灯光秀,这也是米尔津市首次尝试光影艺术……旅游卫视记者柳婉莹,米尔津报道。"

一直潜水的柳成铭忍不住点了个赞,并把这段视频保存到本地文件夹,以便想念妹妹时能拿出来反复观看。没想到这一举动,竟然引发评论区不小的震动。

"唉?我没看错吧?柳成铭用小号给你们点赞了?"

"他还活着哪?点赞是什么意思?想回国?"

"哎哟!又沾上晦气玩意儿了,博主快给他拉黑吧!我可不想跟'鹤川之耻'沾上关系。"

……

柳成铭一笑置之,重新投入寻找工作的浪潮中。圣诞节当天,他终于收到了心仪的入职邀请。看着桌上那只已经褪色的变形金刚和手机屏幕上与它相关的特写照片,柳成铭忍不住鼻尖一酸:曾经他是多么希望自己能成为叱咤风云的时代豪杰,如今却只能龟缩在不到十五平方米的出租屋内,干着寄人篱下的工作,拿着不到以往财富零头的微薄收入。如果他当初留在国内面对自己犯下的错误,如今会不会已经东山再起了呢?

他不敢再想,转身推开窗户,等待深夜里即将落下的初雪。忽然响起的手机铃声分走了柳成铭的注意力,他盯着屏幕看了足足半分钟,也不敢相信那是妹妹的来电显示。分开快两年,兄妹俩虽然没有删掉彼此的联系方式,可平时也从未有过任何沟通与交流,他不明白为什么妹妹会突然联系自己,难道是有什么重要的事情?直觉告诉他应该马上接,但他一直拖到挂断前的最后一秒,才鼓足勇气摁住屏幕上的绿色接听键。

"哥,是我,婉莹……"

熟悉的声音通过听筒传到耳畔,柳成铭强忍住哽咽与她客套起来:"我知道是你。怎么了大妹子,好久没有联系,你过得怎么样啊?"

柳婉莹想起前段时间的"点赞事件",知道哥哥这是在明知故问,于是决定配合他:"我还好。哥,我现在已经是鹤川电视台旅游卫视的节目主持人了。你知道吗?今年咱们东北的冰雪旅游业务火遍全国,上周二我还去省城米尔津录了节目外景呢!"

听见她亲口告诉自己,柳成铭十分欣慰:"那太好了,恭喜大妹子考上编制……"

柳婉莹在电话这头粲然一笑,同样鼓足勇气道:"哥,你还记得咱们小时候抱过的狐仙娘娘吗?咱爸现在跟林场的同事们合伙饲养它,周末拉到省城给南方游客们抱着玩,一次五分钟收费50元,一天能挣个好几百呢!"

柳成铭微微发愣,反应过来后脱口而出道:"咱爸……咱爸开始做这些事情啦?"

柳婉莹终是忍不住那一声哽咽:"是啊,冬天是咱东北的旅游旺季,林场也没什么工作安排,好多人都出来挣外快了……不寒碜。"

柳成铭确信妹妹话里有话,忙问道:"家里最近很缺钱吗?"

柳婉莹深吸一口气:"缺,但更缺人……"

柳成铭不敢细想,却忍不住追问:"发生什么事了?"

柳婉莹捂着鼻子泣不成声:"哥,是咱妈……自从你走以后,咱妈的身体就一天不如一天,为了给她治病,咱们已经把家里的积蓄都花光了。你拉黑了爸妈的联系方式……爸也不让我告诉你,可是昨天晚上我去医院陪床,妈又在梦里念叨你的名字了……她模模糊糊地问你……问你什么时候回来……哥……哥你在听吗?哥……"

柳成铭不敢回答,却也舍不得挂断电话。他任由眼泪和2023年的初雪一起落下,听呼啸的北风和妹妹的哭声同时响彻耳畔。世界越嘈杂,他心里的声音反而越清晰:没有脱离母国的社会关系之前,他眼里的联邦是纽约帝国大厦,是证券交易所大楼,是舣艡交错的名利场,是披星戴月的创业之梦。真正来芝加哥扎根以后,他看见的联邦是芝加哥这样的"工业锈带",空心化严重,向心力不足,就像曾经的家乡鹤川,只有发展第三产业,才能勉强激活这座城市。当然,芝加哥还有鹤川没有的黑恶势力,以及那些跟随违禁品一道堕落的Z世代青年。前段时间刷微博时,他发现鹤川在东北冰雪旅游的带动下重新焕发生机,反观芝加哥却再也没有脱虚向实,重回工业巅峰时代的能力。从他十二年前去纽约大学做交换生开始,一切都像他看过的《美国陷阱》一样现实且残酷。

"我该怎么从陷阱里脱身呢?"

不知什么时候,电话已经被妹妹挂断,柳成铭却一直站在冷若冰霜的风刀里,任由它们在自己脸上刮出一道道鲜红的泪痕。

自那之后,他忽然重新找到了工作的动力,也理解了吴舒宁当初背井离乡来大洋彼岸打工的初心。他告诉妹妹自己暂时不能回去,既然家里缺钱,那就让他开始承担家庭责任,只要她帮自己保密。柳婉莹知道圣诞夜的电话起到了决定性效果,也知道从小到大自己一直是哥哥与父母之间的黏合剂,于是她欣然收下了哥哥转来的疗养费,并告诉父亲这是单位给每个新员工的过节福利。兄妹俩就这么一唱一和,熬过了2024年的春节,熬到元宵当天,柳婉莹还是忍不住问哥哥什么时候回来。

"快了,大妹子,让我再多赚点钱。"他发完语音信息,立刻登录手机银行给妹妹的账户汇款。看到屏幕上弹出"任务成功"的通知后,他转身走出便利店,准备回家给自己做一碗宁港汤圆。此时还不到晚上八点，芝加哥中心城区的街道上已经变得十分冷清，只有两三对情侣还在马路边热情拥吻。柳成铭不敢多看，急忙避开目光往前走。从第五大道转入社区巷口时，他忽然听见不远处传来几声异响。柳成铭立刻贴墙站立，把自己藏在阴影中，以便观察局势，随时准备跑路。不看不要紧，这一看，着实把他吓了一跳——

王汉平穿着一件单薄的棉衣贴在墙根，三个身形高大的毛贼手持匕首，用蹩脚的中文和英文交替恐吓他。由于隔得太远，柳成铭只听得清"拿出钱财"几个字。他在心里替王汉平捏了一把汗，希望他能赶紧乖乖就范，保住自己这条小命。可王汉平偏偏反其道而行之，死命护住口袋里的现金。为首的毛贼怒不可遏，直接对准他的腹部捅了一刀，见他倒地以后又立刻扒光他身上的衣服，从里面搜罗出几百美元和一些别处偷来的珠宝首饰。

"原来你也是个贼！怪不得不给我们！"

三人对着王汉平的上半身猛踢几脚，直把他踢得口吐鲜血才算解恨。柳成铭吓得捂住自己的嘴巴，生怕他们循着浓重的呼吸声发现藏在角落的自己。幸运的是，这三个毛贼并没有往他躲藏的方向撤退，而是向右走了另一头的出口。柳成铭如释重负，赶紧三步并作两步来到王汉平身边，发现他已经因为失血过多陷入昏迷。他赶紧蹲下来探了探王汉平的鼻息，发现一息尚存后，立刻拨打"911"急救电话。

"救人一命胜造七级浮屠，你可千万别死在这里。"

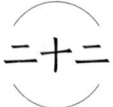

二十二

再次睁开双眼时,王汉平发现自己正躺在一家陌生医院的病床上,原来的衣服不知何时变成了身上的病号棉服,低头仔细一看,腹部还缠着刚刚换好的雪白绷带。守在床前的值班护士见他已经醒来,立刻去办公室叫来他的主治医生。王汉平一头雾水,还没等两人开口发问,先发制人道:"我怎么会在这里?是谁送我来的?"

医生回答:"一个中国人送你来的。"

"中国人?"王汉平愈发不解,"那他帮我付医药费了吗?"

医生摇摇头,"没有,不过他把你的白卡给了我们,说是等你醒来自然有办法结账。"

王汉平顿时慌了神,"我……我要付多少钱?"

"腹部清创缝合手术费是2000美元;你昏迷了两天,普通病房的住院费用是600美元一天,一共是1200美元,药物费用一疗程3400美元,总计6600美元。当然了,如果你还想继续住院的话,那费用将在此基础上翻三倍不止。你考虑考虑吧!"

医生心里仿佛有一根定海神针,无论多么夸张的数字,说出来脸上都波澜不惊。可这些话落到王汉平的耳朵里,就变成了莫名其妙的催命符咒。他赶紧大喝一声"别念了",然后苦苦哀求道:"如果不是为了拍摄晚上的猎奇素材,俺也不会撞上那三个黑皮大毛贼,我真的没有多少钱,你们能不能少点儿……就……就打个八折,行吗?"

医生与护士面面相觑,所有不解最终都化为两人唇畔的那抹嘲弄,"谁在乎?那是你自己的事情。反正我们已经从你的白卡里划走了6600美元,你自己想办法还上欠款吧!"

无情的宣判似一锤定音,王汉平还来不及痛哭流涕,就被护士催促离开。他只好迅速换上自己的衣服,提上两袋药品回到快要被风雪压塌的帐篷里。只有中专文凭的他忽然想起杜甫的诗句:"安得广厦千万间,大庇天下寒士俱欢颜",没想到自己竟然能在异国他乡切身体会到诗圣忧国忧民的情怀。在中国他好歹还有一处容身之地,可是在芝加哥这个鬼地方,他除了跟黑帮和警察打游击战,还要应付底层华人的内斗,现在又多了一项观察巴以冲突局势的任务,还时不时被卷入风暴中心成为活靶子……好像哪里都没有他的立足之地。

他重新拿起愤怒的武器,拍摄了一段关于受伤住院的前因后果,却不曾把矛头指向芝加哥的社会治安,而是埋怨那个救他一命的好心人没有"救人救到底,送佛送到西"。网友们纷纷表示震惊和鄙夷,怎么有人得了便宜还卖乖呢?王汉平以为又是那些翻墙出来看他笑话的中国网民,没想到视频评论区聚集了世界各地的IP地址,排在前面的也多是英国、法国和加拿大的正义网友。他们纷纷把他比作司汤达笔下的于连,或《欧也妮·葛朗台》中的吝啬老头,他不懂这些文学形象代表什么含义,但那些偷笑的表情,那些赞同的话语,足以刺痛他敏感又神经质的心。

他彻底失去自我控制的能力,从冰冷的地床上爬起来,跟跟跄跄地行走在芝加哥市的漫天风雪中。寒冷、饥饿、病痛,就像前天晚上把他腹部捅了个窟窿的三个毛贼,一直如影随形地跟在他身后。他冻得浑身僵直,倒在了路边的垃圾桶旁。求生的欲望迫使他撑着地面迅速爬起来,把上半身都栽进了臭气熏天的垃圾堆。王汉平一手扶着伤口,一手在里面到处翻找,终于找到了两个僵硬的甜甜圈。他如获至宝,赶紧捡起来塞进嘴里,像啃咬冷却后的法棍面包,不顾它有多么硌牙,直接一口气咬掉一大半。

"甜甜圈真好吃……真好吃啊……"

他终于想起来自己像谁了——《安徒生童话》里"卖火柴的小女孩",只不过他没有火柴也看不见所谓的希望,只有嘴里发霉的甜甜圈,被他当成了不可多得的珍馐美味。

"真好吃啊……"他倒在垃圾桶边,心满意足地睡了过去。

自那之后,"甜甜圈"本人似乎消失在了中文互联网,有人说,他已经在某天夜里去了真正的天堂，还有人说他伤好以后就乔装打扮离开了芝加哥，目前已经混到宾夕法尼亚"洗碗三巨头"之首……总之众说纷纭，众口不一。

为了证实这些猜测，柳成铭还去他经常栖息的公园看了一眼，那顶破旧的帐篷还伫立在草坪上，里面似乎有人在睡觉，可只看那只露在外面的脚，很难分辨出主人是谁。不过这也挺正常，往日在东北，只要下起雪来，很多人都会突然消失，等到来年春天，那些人又像春笋一样冒出来。如今天气逐渐变热，柳成铭换上了轻薄的夹克，特意去唐人街7号的"千里共婵娟"吃上新的春卷。他同时也是为了等一个人，等那个永远在自己迷茫时站出来开导自己的智者。

"小柳，好久不见。"

吴舒宁的身影出现在餐厅门口时，柳成铭的双眸倏然明亮起来。他赶紧三步并作两步走到他跟前，紧紧握住他的双手，"先生，您终于来了。"

吴舒宁淡然微笑，"不用这么客气，咱们坐下说话。"

两人并肩来到雅座，柳成铭本想请吴舒宁先行落座，谁知对方竟以贵客之礼先把他摁回了座位，"说了不用客气，就算你前几天不给我递名片，我今天也会专程来找你的。"

柳成铭品出一丝别样的意味，颔首道："先生打算跟我说什么？"

吴舒宁坐下来为彼此添了两盏茶，"上次咱们不是聊到我为什么来大洋彼岸吗？我还没有告诉过你，当初为什么选择成为一名联邦公民。"他抬眸看他一眼，"你想知道，对不对？"

柳成铭点点头，难为情道："我确实……确实特别好奇，之前没问，是因为觉得这么做可能冒犯您的隐私，所以……"

吴舒宁的笑容舒展又慈祥，"现在我想主动告诉你。"他略顿一顿，娓娓道来："其实当初被国民党买办卖到这儿来的不止我们这些中国人，还有大量被商会转手的日本人，他们跟我们一样下煤窑，做黑工，干白人不愿意干的脏活、累活。当然了，由于国仇家恨叠在一起，我们这批华裔从来不和小鬼子产生任何私人交集，黑心老板们就利用这种民族仇恨来挑拨离间，经常拉一派打一派，让我们之间的矛盾从战场扩张到职场。小鬼子天生体力不如我们，常常被我们比下去，拿不到相对高额的工资，只能使一些见不得人的阴招。如果没有那件事情，我或许还以为自己真的能够凭借一身蛮力融入白人社会。"

"哪件事情？"

"1941 年 12 月 7 日，日本偷袭珍珠港，太平洋战争爆发。从 1942 年起，在联邦的日裔全都被集中起来送到西部沙漠地区劳动改造。当局的分辨方法是，只要你身上有十六分之一的日本血统，那你就是一个彻头彻尾的日本人，就必须跟随你从未见过的同胞一起饱受煎熬。当然了，损失最惨重的要数日本那些株式会社。它们被联邦政府利用金融和政治手段洗劫一空，半个世纪积累的财富就这么化为泡影。从民族情感的角度出发,我不可怜他们,可是这些事情的确帮助我认清了这个国家的本质。你也玩国内的社交软件吧?我想你应该比我更早知道,联邦政府和最高法院联合推出了《亚裔细分法案》的试行稿。此时此刻,恰如彼时彼刻。"

柳成铭顿觉不寒而栗,"我知道这么回事,但没想到还是有历史渊源的……而且我还看到过一则新闻,华人首富赵先生被联邦政府以'恐怖分子'的名义逮捕了,他所有的钱也都在他回到华盛顿时人间蒸发……"

吴舒宁淡然地点点头,像极了松下坐定的美髯公,"对,我正要说这个。我虽然在抗日战争结束后,选择顺应时势更改国籍,但我从来没有忘掉自己的根。尽管半个多世纪以来,我所持有的资本一直被联邦政府管制,可我仍然竭尽全力让它流回祖国参与生产建设。或许在不久的将来,他们会像苍蝇叮血那样围着我团团转,把我变成华人富豪里的第二个赵先生,但我从来不怕,也愿意留在这里与他们周旋到底。值得庆幸的是,我早就把自己的孙子孙女送回国内读书学习,也幸好还有你这个忘年之交值得我托付心愿。"

柳成铭受宠若惊,忙诚惶诚恐道:"先生打算托付什么?不知我能否帮上您的忙。"

吴舒宁略微抬手安抚,坦然回答:"一件小事,你回国以后,每逢清明时节,烦请你代替我去宁港保国寺,给我母亲上一炷香,我不希望她坟前香火零落。"

"原来……原来是这件事情。"柳成铭抬起头，迷惑不解地问："可是……可是先生怎么知道我打算回国呢？"

吴舒宁慨然一笑，"当初我是无家可回，而你不一样，你从始至终都有自己的牵挂。你要是不想回去，就不会在给前台递名片时说是我的故交了。我乐意做那个推你一把的贵人。"

柳成铭眼里泪光闪烁，"您的确是我的贵人，无论是当初创业的天使投资人，还是如今的人生引路师。先生，我以茶代酒，衷心感谢您为我做过的一切。"

吴舒宁顺势举起茶杯，"不用客气。这个帝国已经垂垂老矣，你的人生还长，还有希望。"

人生还长，还有希望……

柳成铭仿佛听见了从天而降的神谕，脑海里一直在重复这八个字。曾经的他也是对人生充满希望的，抱着"我想要，我得到"的心态拼尽全力，可是不当的发言和因为荣耀加身而看不见的那些荫翳，又把他捶进了人生的谷底。他辗转来到芝加哥躲避那些不利的舆论，以为达菲科技是自己全新的开始，但没想到，一切都是一本用血泪写成的《美国陷阱》。巴以冲突的爆发又将他从自己的世界里抽离出来，再次看见那些多元的、狰狞的，也充满热血和眼泪的人世百态，才知道割不断的是血脉亲情，忘不掉的是母亲那双粗糙如麦皮的手，是空气中那一缕若有若无的麦香。他不顾吴舒宁还在对面静坐,嚼着碗里的窝窝头泪如雨下。

"对不起,先生,我失态了。"他赶紧擦掉眼泪狼吞虎咽。

吴舒宁则宽慰道:"慢慢吃,回去了还能吃更好的。"

他频频点头,含着食物应声作答。两人一直吃到下午一点半,才拥抱道别。

柳成铭打车来到芝加哥大学,抗议的学生虽然比今年年初少了一半,但他们依旧围坐在草坪上,无声地擎着象征和平的旗帜。他们身侧的露天大屏上正在播送CNN电视台的巴黎奥运会新闻。主持人说,奥运会开幕式在即,举办铁人三项比赛的塞纳河至今臭不可闻,法国总统马克龙决定亲自下水游泳,给各国的公开水域运动员们做示范。可三天过去了,这项活动一推再推,引发世界热议。有人质疑塞纳河水质达不到举办铁人三项比赛的标准,有人质疑法国政府根本没把心思花在奥运会上……柳成铭忽然听见十六年前的《北京欢迎你》在耳畔响起,一个开放包容的新中国敞开怀抱,欢迎世界各国人民来自己家里做客,那时候他以为这只是和平美好的起点,殊不知竟是世界秩序的昙花一现。

他无比感慨,盯着屏幕怔怔出神,直到庄颖抬手在他眼前晃了晃,他才反应过来。

"我师姐说你在校园广场站着等我,怎么?找我什么事?"

柳成铭讪讪一笑,"我……我打算回国了。"

庄颖微微发愣,"回国?回……中国吗?"

柳成铭轻"嗯"一声:"没错,我母亲的身体每况愈下,我想尽快回去和她团聚。"他发现庄颖的表情有一瞬恍惚,忙道:"我不是在故意刺激你……我只是……"

"我知道,你只是实话实说罢了。"庄颖很快抬头微笑:"回去吧,回去也好,总比我无家可归好多了……"

柳成铭叹了口气:"你真的决定留在芝加哥吗?"

庄颖的语气轻松又决绝:"没错,我会想办法在毕业之前拿到绿卡,这辈子留在这里成家立业,生也好死也罢,无论如何都不走了。"

柳成铭忽然想起今天早上看见的那条新闻,庄颖的父亲庄海潮以受贿罪被判处有期徒刑十八年,母亲刘晓慧以间谍罪被判处无期徒刑。她决定留在这里或许和父母的结局有关。可是他想归想,却没有说出口,而是郑重其事地看着她:"Angela,人生还长,还有希望。"

庄颖那双如水的眸子忽然泛起淡淡的涟漪,她似乎也有千言万语堵在胸口,最终却变成一句"借你吉言"。她顿了顿,忽而又问:"哥哥什么时候走?如果可以的话,我来送送你。"

"7月14日,你有时间吗?"

"有,那天我没课。"

"不用送我去机场,太远了你一个人回来不安全,就送我到福特广场的巴士站吧,我坐机场大巴过去,方便又便宜。"

"没问题,那下个月14日见。"说完,她便以实验室还有数据亟待处理为由,转身走向教学楼。柳成铭凝望着她的背影,仿佛看见一只满身伤痕的雏鸟正义无反顾地飞向那鼎炼丹熔炉,只为淬炼之后的浴火重生,用厚实的双翼涤荡起纷纷扬扬的烟尘。

柳成铭离开芝加哥那天,亦如他两年前刚踏上这片土地时,阳光明媚,风暖气和。由于四年一度的总统大选即将开始,驴象两党的竞选活动也在联邦各州如火如荼地展开。四年前被赶出白宫的地产大亨卷土重来,带着他的竞选团队浩浩荡荡抵达芝加哥。即便他前不久刚在宾州经历过"刺杀未遂"的危险事件,如今他仍坚持站在福特广场最显眼的位置展开个人演说,讲到动情处,还会喊出经典的"MAGA"口号。

众人山呼海啸般朗声回应,推起一层又一层汹涌澎湃的声浪。

"They are invaders, and we should drive them out of United States!"

"Drive them out! Drive them out!"

……

柳成铭低声念叨:"他们是入侵者,要把他们全部赶出去。"庄颖侧头与他对视一眼,两人立刻心照不宣地苦笑几声——他们都是入侵者。

"就送我到这儿吧!附近的人越来越多了,你回去路上千万小心。"

"成铭哥哥,一路平安。"

柳成铭点点头,与她礼貌拥抱。直到庄颖的身影逐渐远去,他才提着行李箱登上开往机场的大巴。刚坐下来,他便转头瞅见一位睡在垃圾桶边的故人。柳成铭用力眨眨眼睛,想弄清楚这是不是自己的幻象,已经面容模糊的王汉平忽然像与他共脑那般抬头迎上他的视线。

地产大亨的拥趸们陆续向广场中心集合,他们穿着红色的T恤和长裤,挥舞着红色的手幅和旗帜,浩浩荡荡地从街上穿过,直接淹没了王汉平颓然的身影。他们继续往前走,把路边毫无相干的民众也裹挟进了游行队伍,连准备打车飞速逃离现场的庄颖也未能幸免。

每一个人,每一件事,仿佛都在为这股时代潮流让路。

柳成铭赶紧关上车窗,企图给自己留点清静的空间,不过很快他就被周围此起彼伏的枪声吓了一跳。难道这位地产大亨又遭遇刺杀了?他想越过人群看个究竟,眼里却只有乱作一团的簇拥者你推我搡,大打出手。

他又听见近处"砰"的一声响起,仿佛奥运赛场的发令枪,一个看不见的时代在众人都没有察觉时,便开始了属于自己的马拉松长跑。

终点或许会有赢家,或许空无一人。

谁知道呢?

后记一

航班进入中国领空时,柳成铭掀开了右侧的遮光板。

他看见连成一片的白云浮在脚下,仿佛冬日茫茫无际的雪海,云上的蓝天也像被冰霜冻过一样清冷透明。座位前方的屏幕显示,飞机正在飞越长白山脉,还有一个小时就能降落在米尔津太平国际机场。

正式起飞前,柳婉莹告诉他,自己将从鹤川开车来省城接机。柳成铭本想婉言谢绝,奈何妹妹搬出了一个不容推托的理由。

"爸让我来接你回家。"

柳成铭盯着这句话看了半晌,才颤抖着双手缓缓打出一个"好"字。

如今飞机离故乡越来越近,他终于理解孟晚舟回国那天,为何中文社交媒体上一片欢腾。

从陷阱里爬出来的不只是孟晚舟本人,还有险些被折辱的国家尊严和民族精神。也难怪那段时间,几乎人人都把她当成家里阔别已久的至亲，庆幸她能劫后余生，平安归来。邱涵、郭华和唐晓波也都在微博上送出了由衷的祝福。唯独自己对她落地以后的演讲不屑一顾，甚至狂妄地认为如果她不是华为公司的高级管理层，就无法享受如此高级的回家礼遇。

想到这儿，柳成铭揉了揉酸胀的睛明穴，主动合上了遮光板。

他垂眸盯住摊在桌板上翻到一半的《美国陷阱》。两年来，种种堪称奇幻的经历仍旧令他不寒而栗。被利用，被针对，被排挤，仅仅因为他曾是稻谷科技子公司的高管，也是那群白人眼中连至亲都能弃之不顾的浑蛋。果然没有一个人能靠做空自己的祖国获得成功啊！这样的人是连铁血资本家巴菲特都瞧不上的。但幸好在吴先生的启发与帮助下，自己已经踏上回国的归途，能不能重新开始另当别论，总之只要能逃离芝加哥，那就是当下最幸福的事情。

他终于看清那个标榜自己为世界灯塔的自由民主"天堂"，实则是一座遍布荆棘与兽吠的十八层地狱。孟晚舟所言不虚，当初是他自己倒果为因了。

飞机停稳以后，柳成铭合上《美国陷阱》，将它留在座位前方，起身走出了舱门。松嫩平原的晨风带着往日那股清凉向他拂来，他的双眼却像浸泡在刚刚酿好的薄荷油里，溢出了一股又一股苦涩的热泪。

"先生？先生您好，请勿在舷梯上停留。"

耳畔传来乘务长温柔的提醒,柳成铭不禁讪笑道:"抱歉,我这就往前走。"

他跟随人群来到停机坪。排队等待接驳车时,他明显感到自己脚下长出了一根看不见也摸不着的风筝线——那也是曾经被自己亲手剪断的精神脐带。此时此刻,他重新与大地母亲融为一体,再也不是无根之木、无源之火。他忽而想快些,再快些,直径奔向那间陈旧的砖瓦房,握住病榻上那双粗糙如麦皮的手。

"哥,欢迎回家。"

这是拥抱后,柳婉莹对他说的第一句话。柳成铭不知如何回答,只应了一声,便折身钻进副驾驶室。轿车很快驶离太平机场的接客区,沿着高速公路往鹤川方向飞奔。柳成铭始终保持沉默,凝重地盯住窗外无比熟悉的风景:广袤无垠的黑土地由北向南静卧在山脚下,横平竖直排成"井"字的白桦林,从堆满稻谷的田埂上钻出来,如同一排排锋利的臼齿,欲将重云叆叇的天空咬出一个巨大窟窿,任那血色光辉倾泻而下,泼醒眼前这片昏昏沉沉的大地。

他深吸一口气,终于忍不住转头问道:"妈……妈现在怎么样了?"

柳婉莹颤着牙根,语气却一反常态的平和:"医生前天刚下病危通知书,我和爸打算把她接回家属大院,让她在炕上安心地走完最后一程。"

正是这一锤定音的话语敲碎了柳成铭最后的伪装。他捂着脸颊失声恸哭,几度哽咽到喘不过气。柳婉莹于心不忍,便宽慰道:"哥……还好你回来了……要是再晚一些,恐怕真的见不到咱妈最后一面。"

柳成铭哭得更加悲痛,等他嘶哑力竭回过神来,又从妹妹这番话里品出了一丝不幸中的万幸,尤其在吴舒宁"子欲养,而亲不待"的对比下,他愈发庆幸自己还有给母亲送终的机会。于是他抬手抹掉眼泪,郑重其事道:"婉莹,这两年我不在家,你照顾咱妈……辛苦了。"

柳婉莹微不可闻地叹了一声:"哥,其实咱爸更辛苦。我平时要上班,偶尔还会来省城出外景、录节目,一直都是他在医院忙前忙后。我让他周末好好休息,他也闲不住,非要过来搭把手。他说咱妈伺候了他一辈子,临了他想多为妈做点力所能及的事情,哪怕跟咱俩比起来微不足道。"

"咱俩?"柳成铭瞬间想到一种可能性,"爸是不是知道……你拿回家的单位'过节费',其实都是我在某国挣的钱。"

柳婉莹点点头,"没错。最开始那几个月,我还能替你瞒过去,可这时间一长,次数一多,咱爸觉得不对劲,于是我干脆向他坦白了。也正是这层原因,他今天才让我来接你回家。"

尽管已经落地一个小时,听见"回家"二字,柳成铭仍然有些恍惚,"咱们回哪儿?学区房还是家属大院?"

"当然是家属大院。咱爸在那儿等你呢,有什么话,你待会儿直接跟他说吧。"

柳成铭顿觉茫然无措，嘴上却频频应"好"。柳婉莹看破不说破，只道："那你先在车上倒个时差，到家了我叫醒你。"

他索性沉沉地睡了过去。

等他再次睁开双眼，轿车已经停在了家属大院门口。

不知哪一年春天化雪时，大楼外墙跟着掉下几块墙皮，露出了数排被风吹干的青色砖头。他跟随妹妹的脚步拾级而上，又发现旋转楼梯的扶手也变得锈迹斑斑，楼下的两户邻居均已搬走，破败的蛛网还垂挂在猪肝色的木制大门前，笼住了褪色的"福"字和残缺的对联。

他在三楼外侧的楼梯上定住脚步，假装行李太重需要停下来喘一口气。柳婉莹知道哥哥近乡情怯，于是先行上前推开了虚掩的家门。

屋内的陈设与十六年前没有任何区别。书架上摆着兄妹俩从小到大看过的课外名著，顶部最显眼的位置放着两本柳成铭的出版作品，其中记述母子亲情的散文集《我与母亲》不知被谁翻成了一本黄扑扑的"古籍"，侧方那面贴满各种奖状与勋章的荣誉墙，也像一位静默的史官，记述着这个家庭最辉煌也最隐秘的一切。柳兴国拿起干燥的抹布拂去济仁校徽上的灰尘，再往它的表面喷了一层消毒水，如此循环往复，直到它看起来光亮如新。

柳婉莹忙摁住他的手，"爸，您歇会儿吧！这些东西已经很干净了。"

柳兴国微微转头，含笑道："没事，我再擦一遍。你妈就要回来了，不能让她看出房间里的异样。"

"可是妈已经……"柳婉莹的心口仿佛堵着一团湿漉漉的棉花，直把眼泪都挤到了睫梢，"爸，妈看不出来的。您把工具都放下吧，哥回来了。"

柳兴国瞬间怔住，半响后才向家门口缓慢转身。四目相对的刹那，他手里的抹布和水壶齐刷刷地掉在了地上，与"哐啷"一声同时传来的，是那句只有在梦中才会出现的呼唤。

"爸……我回来了。"

柳成铭在心里打了千万次腹稿，脱口而出的却只有这五个字。他像一个犯下大错的孩子缩在门框里，等待那些训诫与惩罚变成棍棒朝自己挥来。可是面前的父亲不仅没有挑起粗长的浓眉，露出往日那双寒光乍现的鹰眼，甚至连嘴角都不曾颤抖一下，只有鼻尖不停地抽动着，直到整张脸都泛起一片酷似薄醉的殷红。

"回来啦……"

柳兴国释然一笑，那笑容却苦得像八月刚摘的棚瓜，"你小子还知道回来啊？"

柳成铭定了定神，果断挣脱桎梏冲到柳兴国面前，给了他一个分外结实的拥抱。怀里的父亲只剩下一把嶙峋瘦骨，脊梁也仿似被岁月压弯的竹桥，虔诚地匍匐在时代洪流之上。命运磨平了柳兴国曾经引以为傲的棱角,那个十几年来一直认为自己"无所不能"的男人,如今终于变成了真正意义上的全知全能者,只可惜代价是即将失去朝夕相处的爱人。柳成铭痛心疾首地苦笑一声:自己在芝加哥那两年不也同样如此吗?到底是父子间割不断、抹不掉的血脉关联,让他们在彼此都未曾察觉的时候,就已经完成了心境上的互换。

他终于彻底理解了父亲,于是含着眼泪郑重其事地回答:"我知道……我当然知道,这里永远都是我的家。"

一旁的柳婉莹泣不成声。柳兴国也低头哽咽:"好……好孩子……"他看了看堆在门口的行李箱,"待会儿再收拾东西吧!走,咱们去医院接你妈回家。"

柳成铭赶紧松开怀抱,领着父亲和妹妹出门。

ICU的探视时间只有五分钟。由于今天是给张艳萍拔管的日子,所以值班护士特意允许他们多说三分钟的心里话,就当作告别——大多数情况下,癌症晚期患者一旦失去供氧条件,便会迅速走向死亡。柳成铭心里十分清楚,可是看着面色苍白的母亲,终究忍不住扑到病床前大喊起来。

"妈……妈!是我,我是成铭啊……妈,我回来了!妈,你看看我!"

护士轻拍他的背脊宽慰道:"病人家属,您不要激动,她已经没法睁眼了……"

柳成铭握住那只粗糙如麦皮的手，并拢双膝虔诚地跪了下去，"妈……对不起……我应该早点回来的……妈……您起来打我骂我吧！妈……"

热泪顺着他的脸颊尽数落在张艳萍的手背上。这双手的主人突然从喉咙里发出一阵浑浊的闷哼声，仿佛含着两颗酸枣，无论怎么努力发声，都没法连成完整的句子。柳成铭不肯放弃，当即弹起来凑到她跟前，"妈！妈！您说什么？"

他反复问了三遍，可偌大的病房内，只有仪器运转声和众人的呼吸声仍在他耳畔不住回响。护士低头看了一眼手表，"时间到了，我们准备拔管，请您让开。"

"不行……不行！不能拔！"他起身死死捏住护士的肩膀，"我还有钱，还能再治！让她多活几天……多活几天……求你了！"

柳婉莹急忙拽开他的手，"哥！哥你冷静一点！咱妈能活到现在，全靠意志力强撑着……实话跟你说吧，如果不是为了等你回来，她估计早就走了……"

柳兴国看了一眼形容枯槁的妻子，强忍着悲痛叹道："走吧成铭，不要干扰护士正常工作。等你妈拔了管，咱们就带她回家，万一她命大，还能多活几天呢？"

柳成铭的双腿却像浇筑在泥地里的石膏，不肯往后挪动分毫。两人只好连拖带拽地把他架出了病房。医院的走廊上聚满了这些年来鹤川帮忙的亲朋好友。众人的表情都十分沉重，仿佛在预演一场近在咫尺的告别。

回家后不到两天,在那个几乎没有暑气的深夜里,张艳萍永远地闭上了双眼。

殡仪馆的工作人员按时将她的遗体运到灵堂妥善存放。柳成铭在那口红木棺材前守了整整七天七夜。赶来吊唁的宾客们佩服他礼数周全,即便心里对他以前的行为颇有微词,也都看在张艳萍的面子上隐忍不发,一些人甚至因此对他有了不小的改观。

柳成铭当然知道这是为什么。每到夜深人静时,他都跪在母亲灵前忏悔曾经的所作所为,无论谁来劝慰,始终不肯起身。

出殡前一晚,柳婉莹终于看不下去了,"哥,你歇会儿吧!今晚我来守灵。"

柳成铭依旧长跪不起,坚决摇头道:"我想再跟咱妈待一会儿。我不走。"

"你放心,起灵前还有遗体告别仪式。这几天你只休息了一个晚上,别真把身子熬坏了。"她拉起他的小臂劝道:"咱爸在小隔间睡觉,你去守着他,五点左右再带他一起过来。哥,这个节骨眼上,爸也需要你。"

也许是被这句话触动了心神,柳成铭终于答应了妹妹的请求。

他支起酸麻的双腿,缓步来到灵堂旁边的小隔间。彼时,累到瘫软的柳兴国正躺在床上打呼噜,手里还握着康佳电视遥控器。柳成铭为父亲掖了掖被角,坐下来盯住了挂在墙上的小荧幕。

他这才想起来，今天是巴黎奥运会举行开幕式的日子。

从 2008 年到 2024 年，现代奥林匹克运动会用五个国家和五座城市，记述了一个时代由盛转衰的关键步骤，也埋下了另一个时代从扎根到萌芽的伏笔。而他作为其中一个渺小又生动的注脚，再一次感到那股洪流就在身后咆哮着、奔涌着。开幕式上，明明是文艺复兴时期代表爱情和欲望的酒神，可乍一看还以为是《西游记》的狮驼岭大王躺在酒桌上串场演出；图书馆的三色版《戏梦巴黎》也只学到经典剧作的形态，而未见其独特的精神内涵……西方的艺术审美什么时候完全变了？幸好父亲没有醒来，否则看见这些奇怪的画面，他一定会破口大骂。

也许是父子间的默契使然，柳兴国突然皱了皱眉头，再翻身面向墙壁继续沉睡，仿佛在说："眼不见心不烦。"这原本是母亲天天挂在嘴边的口头禅，从今往后，不管是父亲，还是自己或妹妹，都再也听不见了。看着电视上的开幕式表演，他心里忽然萌生出悲怆又真切的想法——或许母亲的死亡就跟巴黎奥运会的开幕式一样，都在宣告那个充满温情的、旧有的时代规则，从此一去不复返。

所以清晨告别遗体时，他多为母亲上了一炷香，同时祭奠再也回不去的世界。

"起灵！家属退！"四名工作人员抬着张艳萍来到遗体焚烧间。

下葬前，柳成铭把那一具已经褪色的变形金刚放在母亲身侧，同时放下的还有散文集《我与母亲》。柳婉莹也摘下自己的金戒指陪伴母亲。与此同时,窗外升起了熹微的晨光。

柳成铭清晰地看见,一个崭新的世界正预备撕开天幕,伴随朝阳从地平线下冉冉升起。

送走最后一批前来帮忙的亲友,柳成铭终于有空坐下来认真翻阅礼金簿。他知道自己出国前几乎断绝了国内所有人情往来,因此拿到这份名单时,他没有抱任何能看见故交的希望。

可是命运依旧把他最熟悉的名字捧到他面前。

"邱涵?"柳成铭直接愣住,"这是怎么回事……"

柳婉莹听见动静,索性直言道:"本来你回国那天我就打算告诉你的,只是当时咱妈的事儿更重要,我不想让你分心所以没说。"她缓了口气,极力忍住眸中的泪意,"哥,咱妈有半条命都是邱涵哥救回来的……当时你不在国内,咱们鹤川也没有顶级的医疗资源,我实在是走投无路了就给他打了电话。我也知道你们当时闹翻了脸,可我想着能求一个是一个,只要他能救咱妈的命,我甚至可以代替你向他道歉,给他全额赔偿……"说着说着,眼泪不由自主地从柳婉莹脸上滑落,"可是这些邱涵哥都没要,反而二话不说就给咱妈安排了宁港最好的医生。妈动完手术以后,他和嫂子经常抽空过来探望。我想请他们吃饭,给他们送礼表示感谢,他全都拒绝了。他说这是举手之劳,世事应当一码归一码,你的事儿和咱妈的事儿不能混为一谈……"

"别说了……"柳成铭哑着嗓子抬抬手,"婉莹,别说了……"

柳婉莹心知肚明,只道:"这笔礼金虽然是记在我名下的,妈走那天,邱涵哥也送来了慰问,但这份人情得你自己去还。哥,他毕竟替你尽了这份孝心……"

"我知道,过段时间我就飞一趟宁港。"他定了定神,很快想到一个无比正当的理由,"反正回国前,吴先生曾拜托我去保国寺祭奠他的母亲,就算此行不为约见邱涵,我也得回宁港完成故人对我的嘱托。"

柳婉莹见他自说自话,无奈地摇了摇头,"行吧,其中关窍,你自己把握。"

落地宁港那天是中元节。炎炎烈日悬在人们头顶,蝉鸣声于柳梢枝头此起彼伏。柳成铭在出租车上靠着后座闭目养神。遥想当初做完关系切割,他就主动拉黑了邱涵的联系方式,也摔碎了陪伴自己数年的团队合照相框。如今他单方面重新申请添加好友,没想到竟然在邱涵的朋友圈里看见了四人昔日的笑颜——那一年他们在纽约大学做公费交换生,拿到吴舒宁的投资以后,便相约去纽交所门口合影留念。

如果用一句诗来形容曾经的日子,那一定是"恰同学少年,风华正茂,书生意气,挥斥方遒"。只是他明明记得,邱涵的朋友圈封面是公司吉祥物,什么时候换成了这张人人避之不及的合照呢?

他想从他的动态里寻找答案,看见的却只有一篇三天前分享的微博文章。这位作者从政治、经济、历史等六个方面,详细阐释了现代百年奥运发展史,与中华民族近现代体育事业的密切联系,难怪邱涵特别喜欢。

柳成铭心里忽然涌起一阵涟漪。断绝往来的这些年,无论生意规模多大,也无论世事如何变迁,邱涵始终怀抱着满腔朴素的爱国热忱,不像从前的自己,在各种主观的、客观的条件与思想的撺掇下,险些成为出卖国家利益的现代"汉奸"。

相形见绌的羞耻感迫使他犹豫不决,不知应该直接在微信上表达谢意,还是先客套一番再找机会当面跟他道谢。不过,他们之间还存在旧时的情谊吗?哪怕只是薄如蝉翼的一缕呢?柳成铭心里没有准数,更不敢和自己打赌。于是在出租车即将抵达目的地时,他果断睁开双眼对司机说:"师傅,您继续往前开吧!咱们改道去保国寺。"

"保国寺?侬不见侬的朋友啦?"

"我突然想起来,他这两天不在宁港。"

"那侬早讲嘛!阿拉刚才直接从机场高速走,还来市区干吗嘞?"

"不好意思,给您添麻烦了。"

"阿拉么事,阿拉是肉痛侬的钱咯!这年头,挣点钱可不容易嘞!"

……

司机与他热切攀谈,柳成铭也为了转移注意力,断断续续地应和着。半个小时后,他终于抵达保国寺门口。21世纪初,这附近的交通极为不便,山沟里还有许多民国时期遗留下来的无主孤坟。后来保国寺成为国家级文物保护单位,住持为了响应文明殡葬的号召,便将周围可以考证生卒年月的逝者牌位全部迁入华安殿,以便后人逢年过节前来祭奠。

柳成铭直入主题,在住持的指引下来到吴舒宁母亲的牌位前。他给她敬了三炷香,再虔诚地拜了三拜。回国近一个月,除了巴黎奥运会之外,他还没来得及关心世界上发生的其他事情,也不知道吴先生在芝加哥怎么样了。驴党政府是否已经开启针对他的"恐怖分子窝藏论"?回想起离别前先生视死如归的态度,柳成铭的心突然提到了嗓子眼。他再次双手合十虔诚祷告,希望这位老太君的在天之灵,能够保佑自己的儿子远离灾祸,平安落地。

寺内的洪钟长鸣三声,悠远的余韵绕着梁柱飘进华安殿,与之一同飘来的是邱涵对妻女的叮嘱,以及一串清爽脆甜的童声。

柳成铭顿觉呼吸凝滞,心绪却先如浪涛翻涌:如果自己直接去他家拜访,说不定会扑个空,恰恰是逃避心态让如今自己避无可避。不过须臾他又给自己打气,既然面对亲人都足够勇敢,肯定也可以面对邱涵。

随着三人的脚步声越来越近,柳成铭深吸一口气,转身面向了殿门。

"成铭?"转入殿内的刹那,邱涵亦不禁微微愣住。

两人四目相对,却始终保持着沉默。他的妻子眼观情势,很快拉起女儿的手温声道:"囡囡,你不是饿了吗?走,妈妈带你去吃斋饭。"

"那爸爸呢?不跟我们一起去吗?"

"爸爸待会儿就来。咱们走吧!"

她转头冲邱涵低声说了句"你们聊",便带上女儿转身离开。

柳成铭鼓足勇气,率先开口道:"涵,好久不见。"

邱涵反应过来,礼貌回应:"好久不见,你今天来宁港是为了?"

柳成铭本想坦白自己寻访不遇的心境,可话到嘴边却变成:"为了祭奠吴先生的母亲。回国前先生再三叮嘱,我受人之托,必当忠人之事。"

邱涵如释重负,片刻又轻声叹道:"原来如此,我们也是为这事儿来的。"

殿内的气氛凝重而尴尬,柳成铭不愿再客套下去,于是主动撞破那道心理防线,将心底的谢意尽数倒出,"涵,来宁港之前,婉莹跟我说了这些年发生的所有事情。谢谢你能放下芥蒂,在我母亲病痛交加之际伸出援手。"

他弯腰成九十度,并且足足在半空停了一分钟,才缓慢撑起上半身。

邱涵默然受礼,半晌只问:"所有事情?也包括我吃过阿姨做的窝窝头吗?"

柳成铭对上他的眼神，不免讶异道："这是什么时候的事儿?"

邱涵想起大二那年与张艳萍母女俩的邂逅，想起那双粗糙如麦皮的手和那些冒着热气的窝窝头，心中的感慨正像溃堤的洪流奔涌而出，"我原本打算替阿姨保密一辈子，如今看来也没有再瞒你的必要了。你从宁港飞往新加坡那天，阿姨本想去杜乐机场送你一程，可惜晚了一步，没能赶上你的航班。后来她费尽心力找到我，把给你准备的干粮放在我家门口。她说这是她亲手做的窝窝头，希望我能看在她信守承诺的分上放你一马。"

他一边讲述，一边端详柳成铭的表情变化，"其实当时我已经决定不告你了，毕竟我们及时做过利益切割，你也没有给公司带来技术层面的影响，再加上……再加上你有一位这么善良的母亲。我敬重阿姨的人品，也相信她培养的儿子总有一天能回到她的身边，所以我实在没有必要把你逼上绝路。"他强忍住喉头的哽咽声，停顿须臾方道："可是这些事情，这些想法，我当时都不便告诉你。所以我才让晓波代为转告，算是给我们彼此一个体面的收场。"

这些陈年往事如同一道惊雷，在柳成铭的头顶轰然炸响。那张看似完好无损的脸上实则布满了鲜血淋漓的伤口，它们无处排解，只好全部涌向他不停转动的眼眸，连带眼周苍白的肌肤都变得绯红一片，"谢谢你让我知道了事情的真相，也让我明白当初的决定多么荒谬。我为什么……不能再等一等呢?"

"佛曰'苦海无涯,回头是岸'。"邱涵略顿一顿,"成铭,你还走吗?"

"走?"柳成铭避开他的目光,任凭滚烫的热泪悉数砸向冰冷的地砖。不过须臾,他抬手擦泪,转头冲他释然一笑,"不走了,再也不走了。今后我就留在老家鹤川跟我爸一起养白狐,做一颗冰雪旅游业的螺丝钉。"

"好。成铭……"

"嗯?你是想说,你相信我还能东山再起,对吗?"

邱涵郑重其事地点点头,"对,如果你有任何需要——"

话音未落,柳成铭果断应承:"我也相信你,涵。"

两人不约而同地转头仰望那尊金身泥胎的弥勒佛,邀请神明见证迟来两年的冰释前嫌。不过须臾,他们又回头相视一笑。

"一起吃个饭吧?我记得你在江北有家特别喜欢的海鲜馆子。前段时间我开车路过,发现它还在营业呢!要不去尝尝味道变了没有?"

"好,咱们现在就去。"

那天晚上,他们从科技行业的发展现状,聊到如今云谲波诡的国际局势。柳成铭主动谈及在网上炒得沸沸扬扬的《亚裔细分法案》,话到伤心之处,几度潸然泪下。尤其是当他想起身中数刀的王汉平时,依旧露出了兔死狐悲的沉重表情。

"那几个混子真可怕,他不给钱就直接要他的命。我实在看不下去，就把他送到附近医院的急诊室。但那个时候我身上也没多少钱，于是就跟医生说他有政府颁发的白卡，负担得起医疗费，从里面划账就是了。"

邱涵不禁感慨道："那后来呢？我听网友们说，他人已经死了？"

柳成铭摇摇头，"我不知道他最近是否还活着，反正回国当天，我发现他躺在第五大道的垃圾桶边，目送我登上开往机场的班车。"

邱涵有些惊讶，"你确定没看错吗？"

"确定，不过他看起来十分虚弱，已经跟离世没有任何分别了。"

邱涵心里五味杂陈，"但愿他能熬过这个冬天吧，如果他还活着的话。"

后记二

摇摇晃晃的公交车揉碎了王汉平的睡意。他盯着那条刺眼的微博热搜,心里忍不住连声嗤笑。所有人都在说他已经死了,更有甚者拿出纽约亚裔流浪汉的遗体照片冒充他,大张旗鼓地宣告这个利用非法手段逃往大洋彼岸的叛徒,总算得到了自己应有的报应。

"老子在芝加哥。"

他用小号发出这条评论,由于IP地址在大洋彼岸,很快引来不小的猜测与争议。

其中一位网友说:"你们别老咒人家死,万一他命不该绝呢?这不是给自己造口业吗?昨天才过中元节,不怕鬼敲门啊?"

他立刻回复这位网友:"就是!老子命大八字硬,他们懂什么?"

这不仅是王汉平的心里话,也是他一直以来的人生信条,尤其来到芝加哥以后。

想当初他躺在冰天雪地里,本以为自己命不久矣,没想到一盆油腻滚烫的泔水泼醒了行将就木的他。王汉平本想破口大骂,奈何对方人多势众,他只好灰溜溜地爬回帐篷。刀伤很快感染溃烂,他不得不就近寻找一家私人诊所,用白卡里仅剩的 500 美元做了一次清创手术。可是等他回到常住的公园时,才发现自己的帐篷已经被当地黑帮霸占,于是只好先在市区的垃圾桶附近将就一段时间。也正是在那个地方,他送别了自己多年来的偶像和老友,也见证了一场地产大亨的拥趸们掀起的狂风巨浪。等伤口结痂以后,他又循着人群聚集的方向找到一条华人商业街,成为在多家饭店后厨里洗盘子的黑工之一。

这一次,他不再好高骛远、偷奸耍滑,而是兢兢业业、任劳任怨。一位华人老板看在他是金河老乡的分上,给他派了一单看守仓库的新活。王汉平当即感激涕零,庆幸自己今后再也不用风餐露宿。

可是人恐不知足,既得陇,复望蜀。没过多久,王汉平在网上看到"金牌讲师"团队获得了驴党赠予的郊区大别墅。他心里逐渐燃起一阵妒火——仓库毕竟阴冷潮湿,暗无天日,一到夜晚,老鼠还会成群结队地从他身上爬过,他耗费心力与它们周旋,生怕第二天货架上缺油少米,自己更会因此被扣掉工资。

他越来越焦虑,于是费尽口舌向老板请了两小时病假,实则是为了搭乘首班公共汽车,去"金牌讲师"团队的别墅里取经。为了方便在网上立人设,也为了给自己一定的心理安慰,王汉平关掉微博软件,打开相机功能拍下了别墅的照片。

"来这么早?他俩都还没回来呢!你找个地方随便坐吧!"

接待他的是三人中年纪最大,也是当初嘲笑他在监狱里"捡肥皂"的那位讲师。王汉平小心翼翼地坐在绒布沙发上,眼不错珠地盯着满墙华丽装饰,露出了万分歆羡的神情,"我靠!这么牛叉的大房子,你们怎么弄来的?"

讲师慨然一笑,"不瞒你说,我们跟驴党的选举代表签了协议,只要在大选当日把普选票投给哈哈姐,这房子今后就是我们的。"

"今后?"王汉平自问一番,很快自答:"也就是说,你们现在只是暂住?"

讲师对此却不屑一顾,"暂住怎么了?至少有地方住啊!唉我说,要不你也去弄一套好了?这么大的便宜,不捡白不捡啊!"他撑起胳膊肘,捶了捶王汉平的肩膀,"总比你晚上只能睡帐篷强吧?"

王汉平有些不悦,"你记错了大哥,俺现在不睡帐篷。"

"不好意思,我忘了你睡仓库来着。但这俩地方也没啥差别吧?"

王汉平轻叹一声:"确实没有任何差别。可俺不像你们有'统战价值',俺还欠联邦政府一屁股债呢!工作也有随时被开除的可能性。俺有投票的资格吗?"

讲师忍俊不禁道:"什么?'统战价值'?好久没听到这个词儿了。既然你觉得芝加哥容不下你,那你就回中国去呗!反正最近联邦政府成天抓人遣返。你现在马上拿着护照和身份证去领事馆自首,这样你就有字面意义的'统战价值'了。"

王汉平以为"金牌讲师"真的在给自己支招,于是心里更加为难,"你说的那两样东西,俺早就烧了个干干净净。"

讲师发现他听不懂好赖话,更对他的愚蠢叹为观止,"不是?哥们儿你听信了谁的馊主意啊?你是从厄瓜多尔入境的吗?"

王汉平颇为无奈道:"是啊!带俺们走线那女的叫单懿芳,她说只有撕掉护照和身份证才能成功'黑'进得州,所以俺们那一批全都听话照做了。"

讲师只能摇摇头:"那没法子,你这是自绝后路。"

王汉平听得浑身发怵,"啥意思?你们仨有后路?"

讲师胸有成竹道:"当然!入境厄瓜多尔前,我打听到一则十分准确的消息,当地蛇头会帮忙保管中国公民的全套身份证件。所以当初办理完入境手续,我就偷偷带他俩去交保证金,跟蛇头签订了五年到期赎回的保管合同,包含利息在内,赎金一共是5000美元。我现在已经存够了,只等将来某天形势不对,我就立刻提桶跑路。反正我们都有厄瓜多尔的入境记录,被抓回中国顶多算个非法逗留,在看守所里关上十天半个月,再教育几顿就放出来了。"

听完他的讲述,王汉平心里唯余一股强烈的震撼,连声音都忍不住发抖,"你想得也太周到了……怪不得大伙儿被关在得州移民监狱时,你能成为那个说一不二的意见领袖,也怪不得你光靠要饭就坐拥全网数百万粉丝。跟你比起来,俺真是把自个儿的路给走绝了呀……"

讲师果断收起泛滥的同情心，沉静道："反正我已经把该说的，不该说的都跟你说完了，至于要不要联络驴党代表，你自己决定吧！距离总统大选正式开始还有俩月，咱们最好祈祷上台的人是哈哈姐，否则要是那位地产大亨，每个人都不会有好日子过，也包括那些高高在上的华人富豪。你没看昨天的新闻吗？餐饮大亨吴舒宁已经被联邦调查局调查了，理由是他的连锁饭店'千里共婵娟'涉嫌使用中国进口的转基因食材，危害联邦公民的身体健康。"

王汉平没空关心吴舒宁的境遇，只应声道："俺晓得了，先回去看守仓库才是第一要务，其他事情就等俺还清欠款再说吧！"

讲师也不再挽留，便以自己还要出门讨饭为由，一并请走了他。

王汉平坐在返回市区的公共汽车上，发现前排的一名男性乘客正拿着手机随意浏览 Tik Tok 软件。在芝加哥生活这两年，他的英文水平提升不少，已经能听懂相对基础的日常对话。再加上"抖音"无论在什么地方都以下沉市场为主，自制视频里说的英语也不像官方新闻表述那么复杂，于是他很快理解了这位博主输出的核心观点。

"本届巴黎奥运会上，中国游泳队在男子 4×100 米混合泳接力决赛中，力压美国队夺得金牌。他们打破了我们国家自 1984 年以来对该项目的绝对垄断。这是否意味着 40 年过去了，中国已经具备在体育领域和我们国家叫板的实力？如果答案是肯定的，那么在其他含金量更高的领域内呢？我不敢细想。"

这段话在他耳畔循环了数十遍。

王汉平不禁嗤笑道："什么情况？怎么连这些联邦公民都失掉自信力了？"

话音刚落，他就被自己吓了一跳。毕竟对他们这批"80后"来说，最常听见的一句话是"中国人已经失掉民族自信力"。追随柳成铭在网络上大杀四方时，他也经常强迫网友们反思体制的不足之处，如今却把这种"吾日三省吾身"的美德用在了联邦公民身上。

王汉平觉得不对劲，可不到半分钟他就掉转话锋，打开微博激情澎湃地写出充满愤怒的语句："白宫那个老年痴呆的一脚蹬，还有那个乐呵呵的傻婆娘，害得我整天吃不饱也穿不暖！我试药、卖血、刷盘子，我不是你们欢迎的新移民吗？凭什么不给我这种大House住？凭什么！可恶！"他想了想，决定配上刚才在"金牌讲师"团队门口拍摄的别墅照片。

这条微博一经发出，几个小时前还在热搜词条里争论不休的网友们立刻闻风赶来围观。不少原本持怀疑态度的人开始对他就是"甜甜圈"本人这个观点深信不疑。王汉平既不辩解也不承认，更是没有回复任何人，只默默给那些说中他内心想法的网友点赞。

"你们不觉得吗？这批'润人'回到中文互联网发疯抱怨，恰好表明他们内心已经开始动摇了，他们不再信任大洋彼岸的实力，不再认为自己可以在大洋彼岸随处捞金。"

这番话如同当头棒喝,再配上前排乘客无限循环的"紧箍咒",王汉平只觉得头昏脑涨,浑身都充斥着酸软无力的感觉,连他自己都没有意识到,究竟是从什么时候开始不再信任联邦政府的。他索性堵住耳朵,关掉手机,假装什么都没有听见,也什么都没有看见。

前排的乘客也听烦了,很快划走视频,继续浏览新内容。不过这位博主每说一句英文,都会将它翻译成中文复述一遍,仿佛是专门打给特定群体的强心剂。

"大家别担心,《亚裔细分法案》只是两党用来恐吓对岸的手段,我们的生活不会受到任何影响,即便是地产大亨胜出,影响也微乎其微。不信你们看……"

他罗列了十条论据来佐证自己的观点。王汉平一边听,一边从这些说法里咂摸出一丝劫后余生的庆幸——至少现在这个国家还没有完全垮掉,他尚有苟且偷生的机会,赚钱偿清背负的巨额债务。至于那几位"金牌讲师"的幸运经历,只要自己今后不再跟他们来往,心里就不会萌生出嫉妒的毒芽。

所以还担心什么呢?不如好好睡一觉,当一天和尚撞一天钟吧!

王汉平伸了个懒腰,事不关己地闭上双眼,很快便沉入香甜的美梦中。

庄颖却怎么也睡不着。

自从《亚裔细分法案》的风声走漏以来，她已经连续失眠一个多月了。当然最令她意外和失望的，不是联邦政府可能实行种族隔离政策，而是学术项目被取消的事情。她原本以为只要恩师能够出来，自己整个暑假的坚守就没有白费，可是没想到学校不仅以破坏和平为由吊销了凯琳的教师资格证，还把她多年来的科研成果全部销毁。至于她培养的研究生，包括庄颖在内，也尽数分给了其他导师。她的噩梦也由此开始。

"别用你的脏手碰我的实验器具！"

"你怎么搞的？这么简单的数据也能弄错？"

"我不想守着你做实验了，剩下的步骤你自己想办法完成。"

"这儿不是你说话的地方，哪里凉快哪里待着去！"

……

明明绝大多数情况下，即使实验失败的主要责任都在组内搭档身上，庄颖也依然会遭到新任导师的百般挑剔。同学们也都拿她当瘟神看待，唯恐避之不及。再加上她与前男友迈克尔的风流韵事，被人添油加醋地传遍了整所大学，于是这段时间以来，几乎是她走到哪里，非议就裹挟着人们尖锐的恨意涌到哪里。

她实在难以承受，只好请假去医院的精神卫生中心看病。医生给她开了几种缓解焦虑的处方药，并叮嘱她务必按照说明书的提示谨慎服用。庄颖自然知晓其中利害，一颗也不敢多吃。回家以后,她索性称病不出,整日睡到自然醒。就这么过了半个多月,她终于在十月上旬拎起背包,鼓足勇气走出了家门。

出租车司机把车停在她身侧,用流利的中文问道:"这位女士,您要去哪儿?"

庄颖恍惚一瞬才上车回答:"去上城区的移民局吧!我想起自己预约了政策咨询。"

司机应了声"好",默默载她来到目的地。庄颖在大厅领了一张号码牌,直到中午十一点半,才终于听见广播呼叫自己办理业务。

她赶紧来到指定窗口,"您好,我想了解最新的入籍政策。"

办事员上下打量她一眼,冷声道:"给我看看资料。"

庄颖赶紧掏出包里的一沓A4纸,"都在这儿了,请您过目。"

办事员一边看一边说:"您原本是打算通过学术贡献来申请联邦绿卡吧?"

"对对对!您看我还有希望吗?"

办事员摇了摇头,"就目前的情况而言,比较困难。您结婚了吗?如果是单身的话,可以通过婚姻途径获取绿卡。"见她面露难色,办事员索性以自己为例骄傲地说:"我来自牙买加,自从嫁给比我大二十岁的丈夫,就成了名正言顺的联邦公民。你比我漂亮多了,肯定不用委身老头子,趁年轻赶紧找个帅小伙吧!"

庄颖怔忡须臾,接住了她递回来的资料,"我知道了,谢谢你的提醒。"

她转身离开芝加哥市移民局,漫无目的地走在人行道上。

她这才发现头顶的枫叶已经被萧瑟的秋风全部染成红色,花坛里的草甸也褪去了夏日青翠欲滴的色泽,像老人干燥且枯黄的毛发。庄颖不由自主地伸手抚脸,尽管这段时间以来疏于保养,可肌肤的触感依旧细腻柔滑,毕竟是青春正好的年纪。她松了口气,至少自己还有人人歆羡的美貌,以及足够用到毕业的存款,可是转念一想,这些引以为傲的资产都将伴随时间流逝不复存在,她又苦恼起来。

师姐曾经问她:"Angela,你怎么不愿重新开始恋情呢?"

庄颖只道:"学业繁重,我不想分心。"

师姐看出她的口是心非,于是主动帮她分析利弊:"我知道大家都在议论你跟迈克尔的过往,可是你也别让自己被他绊住了手脚啊!他都能跟现任女友天天约会,你为什么不能重新找一位男友?况且你那么漂亮,更应该好好利用自己的外形条件找个金饭碗。你不会真干一辈子科研吧?女人都是要结婚的,尤其是你们亚洲女人,最看重家庭是否幸福……"

这些规劝就像紧箍咒一样,牢牢地套在庄颖头顶。她头疼欲裂,再次堕入无边无际的恨意中。没错,迈克尔就是她的死穴。虽然从去年年底到今年上半年,杰斐逊家族因为"不正当经营"遭到了象党媒体的口诛笔伐,再加上巴以冲突愈演愈烈,支持以色列的他们被部分心地善良的民众贴上了"撒旦"的标签,但这一切的一切都没有对迈克尔本人产生什么重大影响。身为显贵家族的公子哥,他依然过着逍遥快活的神仙日子。

庄颖希望地产大亨赢得大选,清算这帮驴党走狗。可是她又清楚地知道,一旦这位"金毛狮王"成为总统,那么自己入籍的机会将变得更加微茫。如果是哈哈姐上台呢？驴党向来以欢迎移民自居,大概三五年内,她就能解决国籍问题,可是却要一辈子承受前男友在社会地位和金钱人脉方面的种种压制。无论怎么选,哦不对,自己根本没得选。

她讨厌这种人为刀俎、我为鱼肉的状态。预备实现的学术理想,如今只能中道崩殂；可她又不想过被人豢养的生活,把自己的一切都寄托在对方的人品身上。残酷的是,眼前似乎只有这一条路可以走。

"不对！我还能向吴先生求助！他或许能帮到我！"

想到这儿,庄颖再次打起精神,迅速奔向唐人街7号的"千里共婵娟"饭店。

还没走到餐厅门口,庄颖就看见附近拉起了警戒线。她赶紧加快步伐,凭借自己身材小巧的优势钻入人群,挤到前排仔细观察。眼前的画面令她傻了眼：白发苍苍的吴舒宁被两名白人警察一左一右摁住肩膀,他的手腕上还裹着一件浅灰色的夹克衫。庄颖清楚地知道,这件衣服盖住的是一副手铐。

趁他还没有被带走,她大喊："阿翁！阿翁您怎么了？"

吴舒宁听见呼唤,当即回头应答:"颖儿?我没事,你快回去,这里不安全。"

庄颖看见警察长官向自己走来,于是先发制人道:"新闻上不是说,你们让他自查自纠吗?他也给出了内部鉴定报告,为什么非要抓他走?"

"你问我为什么?"警官眼里尽是鄙夷的神情,"就凭他Jack Wu是这家公司的法定代表人,也凭我们今天心情不错,想请他去监狱里吃点好的。"

庄颖气得直接用中文说:"你们这是'欲加之罪,何患无辞'!"

"什么?你要进去陪他?"警官忍不住轻蔑一笑,"这种关押要犯的监狱,你想去还没资格呢!赶紧有多远滚多远。"

他不再搭理她,转而命令手下将吴舒宁押走。庄颖不顾自身安危,立刻掀开警戒线追上去,可是两条腿的人终究跑不过四只轮毂的车,不到十米,她就被他们远远地甩在了身后。

她停下脚步,俯身大口大口地喘着粗气。前方是如血的残阳,身后是晦暗的霓虹。

"我究竟……该往哪个方向走呢?"

后记三

看完地产大亨的就职演讲,王汉平心里只有两个字:完了。

他第一次被浩瀚无垠的绝望包围,像一只断线的风筝落在大西洋上,肌肤融化成米黄色的纸浆,骨骼变成泡发的竹节,缓缓地沉向海沟深处。他明明还躺在芝加哥公园的帐篷里,身体却已经被海底的压强碾碎。

自从地产大亨当选以来,王汉平每天都期盼民众里再冒出一位英雄人物,一枪崩掉这个满嘴胡话的糟老头子。可惜这位新总统的经历正应验了中国的一句古话 —— 大难不死,必有后福。他平安无事地活到了宣誓就职那天,盛典上,他的拥趸们大呼万岁,向他献出自己独一无二的忠心。

那双来自地狱的血手,终于伸向了他们这些非法移民。

就在他放空头脑、浑身知觉全无时,帐篷外响起了刺耳的警笛声。

"Get out! Get out! Hurry!"

"Get out! Right now!"

警棍敲打在帐篷的骨架上砰砰作响,王汉平生怕下一秒,子弹就会直接打进胸口,于是他赶紧拉开拉链条钻出去站好。

光秃秃的草坪上挤满了肤色各异的非法移民。警官眼看人已到齐,于是摆出不可一世的威风,朗声道:"You are all illegal immigrants smuggled in from Texas. We're going to send you back to jail, which is a joint order from the president and the state government. Each person prepares a \$200 fare and gathers at the park gate at 7:00 a.m. the day after tomorrow, without being late or hiding. Do you understand?"

一听伊利诺伊州政府决定把他们送回得克萨斯州的移民局监狱,王汉平不由自主地松了口气。虽然在得州蹲监狱也要付钱,但他至少不会重蹈二战时期犹太民族的经历,被纳粹分子送往集中营秘密处决,他还有很大的希望活到回国那天。

他立刻跟随人群朗声应和。

警官认出了他,特意把眼神留在他脸上,"Well, I hope you do what you said."

王汉平被他瞄得发怵,又不敢移开视线,只能等这帮匪气十足的警察走了以后,才敢悄悄骂一句"狗娘养的"。他们陆续钻进各自的帐篷,像一群恶鬼回到腐烂的坟茔。谁也没管能不能支付这笔车费,谁也没有为它愁眉苦脸。他们早已将自己与活人隔离开来,死气沉沉地躺在人间炼狱里,如同一具具会动的尸体。

王汉平悄悄摸了摸自己的裤裆，那里还藏着300美元，可是他不想抽出三分之二的钱白送给这群洋鬼子，再说进了监狱以后还要四处打点，不到关键时刻，这笔钱绝对不能轻易使用。他很快想到还有一个地方可以打秋风，便立即坐上前往市郊的公共汽车，准备与"金牌讲师"团队做最后的道别。

等他赶到那栋别墅的花园门口时，发现三人正在往草坪上搬运行李。年纪最大的"金牌讲师"走过来跟他打招呼："你怎么来了？我们今天正准备搬走呢！"

王汉平一头雾水，连忙追问道："搬走？地产大亨不是才上台吗？驴党这就认怂了？直接收回借给你们居住的别墅？"

面对他的不解，讲师却笑着摇摇头，"是我们主动搬走的。逃单嘛，不寒碜。"

"那你们打算搬哪儿去？"

"我们在城乡接合部租了一间平房，准备直播我们今后的要饭过程。"讲师见他神色恹恹的，不由得分外好奇，"你今天不在仓库值班吗？怎么跑我们这儿来了？"

王汉平叹了口气，"别提了，去年圣诞节晚上，仓库丢了三袋大米和五袋黄豆，老板以我看管不力为由把我开除了……这一个月来，我平时就靠打零工勉强维持生活，住也只能住在公园的帐篷里，跟之前没什么区别。"他看了一眼不远处堆积成山的行李，心中当即有了主意:"我来帮你们搬家吧!你们给我点钱当路费。咱就按市场价给,一小时15美元。怎么样?你干不干?"

讲师露出警惕的目光,"凑路费?你要去哪儿啊?"

王汉平向他简述早上的经历,忍不住感慨万千道:"我不像你们已经找到活路,只能听天由命,从哪儿来回哪儿去呗!网上不是说中国大使馆也在积极配合遣送非法移民吗?到时候我只要报上自己的身份证号和户籍地址,他们自有办法证明'我是我自己'。"

讲师不置可否,只道:"那行,咱们好歹相识一场,祝你一路平安,回国以后在微博上给我来个信儿。万一哪天我们也回国了,就来金河找你叙旧。"

王汉平乐不可支,"没问题!没问题!那我……可以开始帮你们搬东西了吗?"

讲师看了一眼手表上的时间,颔首道:"现在是十一点半,走吧,一起干活。"

他们花了整整五个小时才把东西搬到新家。结账时,讲师一共给了他90美元作为报酬。王汉平欢天喜地地收下准备走人,讲师突然拉住他说:"你确定那帮警察是想把你们送回得克萨斯州吗?"

王汉平不明所以,"不然还能送哪儿去?其他州也不要我们啊。"

讲师讪讪一笑,"那是我多虑了,总之你保重身体,有缘国内见。"

他松开他的胳膊,目送他走向一片灰暗的雾霭中。

离开芝加哥那天，正是中国农历的北方小年。那辆送他们返回来处的大巴也被涂成了鲜艳的血红色，精心绘制的金色线条如同绶带缠满车身，远远望去好像一辆正在燃烧的囚车。王汉平想起前天"金牌讲师"的临别赠言，忽然想赶紧逃离脚下寸草不生的土地。警官察觉异动，立刻朝他举起警棍威胁。

他怯生生地低下头，满脸赔笑。身后的墨西哥裔催他赶紧上车，并不时用膝盖顶他的屁股。他顿觉不寒而栗，连忙抽出 200 美元塞到警官手中，慌不择路地挤入更为靠前的队伍里。所有人都坐稳以后，警官朝司机比出"OK"手势，笑着与车里的每个人挥手道别。

"你收了钱，当然高兴啊！"王汉平对着玻璃啐了一口，转脸不再看他。

车辆行驶途中，他打开微博软件浏览国内新闻。热搜显示今年的米尔津国际冰雪节取得了巨大的反响，已经回国的前任偶像柳成铭接受电视采访，表示自己特别荣幸能够参与家乡振兴工作，并在事后用沉寂三年的大号发表了一篇言辞恳切的"罪己诏"，表明从头再来、戴罪立功的决心。至于那位庄大小姐，似乎又换了一位导师重新投入项目。不少网友拿她的人生经历与近段时间涌入某平台的当地民众作对比，得出她甚至过得还算不错的结论。若非亲眼所见，王汉平也不知道处在联邦社会中下层的老百姓，过的是什么水深火热的日子。他默默给那位网友点了个赞，往下滑动屏幕时，不小心看见各大移民机构的水军在评论区搅局挑事，气得他立刻化身正义游侠舌战群儒。

时至今日,他终于体会到"出了国就爱国"的含金量。没骂多久,王汉平便觉得头昏脑涨,尤其车里还充斥着恶臭扑鼻的味道,种种条件加持下,更让他浑身不适。他只好退出程序闭目养神,打算等车辆抵达目的地之后,再好好教训那帮不知天高地厚的混账东西。

渐渐地,他沉入了无边无际的梦魇中。

这辆开往地狱的汽车仿佛真把他们带到了一座残忍的人间炼狱。漫天烟尘遮云蔽日,唯有山火冒出的红光照亮了洛杉矶的整片天空。他看了一眼手表上叠在一起的指针,分不清此时究竟是半夜还是正午,更不知道消失的日期究竟是几号。

等他再次抬头时,又看见那些被烧焦的行道树随处倒在街上,只剩骨架的汽车趴在路边,房屋更为夸张,连地基都面目全非……更别说那些刺鼻的气味像毒蛇一样钻进他的肺泡,肆意噬咬着他的五脏六腑。王汉平很快咳出一口黑血,周围的同伴们也都捂着鼻子,争先恐后地往停车场跑。可是刚才还停在那里的大巴早已不见踪影,只有一堆简陋的消防设备散落在地上,除此之外便只剩不计其数的黑洞洞的枪口。

一位戴着防毒面具的消防警察说:"赶紧拿上你们的东西去山里灭火!都给我看清楚了,谁逃回来越过后面那条警戒线,我的人就立刻杀了谁。"

这是一位中国人吗？他怎么会说中文？王汉平鬼使神差地走向这位警察，盯着他骷髅似的面具看了大半天。警察却只当他是个没有思想的机器人，立刻捡起一套装备替他穿上。警察拍拍他的肩膀，指向熊熊燃烧的火海。

"去吧！前面就是你的归宿。"

王汉平转身回头，忽然看见一座海市蜃楼横亘在自己面前。它美得像一个圣洁又冰冷的神女，坐在熊熊燃烧的烈火中含泪微笑，明明什么也没说，却用眼泪喊出了痛彻心扉的"救救我"。他拿起水枪扑向她，企图抛去一根救命的绳索。

可是他的水枪里没有子弹，除了端着一副空架子给自己壮胆，恐吓不了任何正在侵犯她的恶鬼。恶鬼们放声大笑，竭力喧嚷，甚至点燃了树梢的鞭炮，噼里啪啦震得漫山遍野皆是燃爆的火花。他恍惚以为自己回到了金河老家，正蹲在窑洞外面，看村口的孩子们围在一起庆贺新年。天上的火树缀满银花，地面的鱼龙摇头摆尾，连许久未见的前妻和女儿也在一片光焰中载歌载舞。他不由自主地向她们奔去，眼泪还来不及涌出，便已升华在滚烫的空气中。恶鬼们索性抓住安红，一把扯掉她的衣衫与裤头。王汉平瞬间怒不可遏。他看见身旁有一个冒着热气的水龙头，便使出全身力气拧动起来。他试图从里面挤出一缕纤弱的水线，悄悄缠在那群恶鬼的脖子上，救下正在地狱中苦苦挣扎的安红。

可是周围既没有水，也没有所谓的神女，更没有与他早已断绝关系的前妻。横在眼前的是毫无活力的、腐烂生锈的现实。它们长满了疥疮，正在烈火中一个一个地破开，并向外飞溅出腥臭的脓水。他突然像恶鬼一样放声大笑，原来自己费尽心力撕开那层脆弱的胞衣，只为触及理想之国的宏大盛景，到头来却摸到一片被玷污之后留下的狼藉……那不如烧吧！晒吧！煎烤吧！毁掉这一切虚妄的真实和真实的虚妄。

他索性扔掉空置的水枪，脱下厚重的制服，一边向烈火深处狂奔，一边把自己脱得一丝不挂。地狱的恶鬼们蜂拥而至，他用自己的每一寸肌肤坦然承接他们的凌辱。炽烈抚摸游走在他的脸上、腰间、臀瓣和四肢，他觉得自己变成了刚才那位神女，变成了前妻安红，甚至变成了早年间在吊扇底下折磨过的女人……

他沉浸在这种罪恶的快感中即将熔化，身后的枪声逐渐消失，尖叫声也冻在了同伴的嘴里。王汉平极为畅快地笑起来，张开双臂砸向滚烫的地面。他终于献出自己永恒的深吻，再也不用分辨什么是幻境，什么是现实。

他就是这座地狱里最为忠实的子民。

（全文完）